絶望鬼ごっこ

さよならの地獄病院

針とら・作
みもり・絵

集英社みらい文庫

桜《さくら》ケ《が》島《じま》小《しょう》学《がっ》校《こう》の生徒《せいと》たち

6年《ねん》2組《くみ》

宮原《みやはら》 葵《あおい》

学年一《がくねんいち》の秀才《しゅうさい》でしっかり者《もの》。おせっかいでおてんばだが、密《ひそ》かに男子《だんし》から人気《にんき》。

大場《おおば》大翔《ひろと》

正義感《せいぎかん》が強《つよ》く、友達想《ともだちおも》い。ふだんは母親《ははおや》と妹《いもうと》と3人《にん》で暮《く》らしている。

桜井《さくらい》 悠《ゆう》

大翔《ひろと》の幼《おさな》なじみで親友《しんゆう》。小《こ》柄《がら》でマイペース。運動《うんどう》は苦《にが》手《て》だけど、ゲームは得意《とくい》。

杉下先生《すぎしたせんせい》
桜ヶ島小《さくらがじましょう》に転任《てんにん》してきた教師《きょうし》。生徒《せいと》たちから「スギやん」の愛称《あいしょう》で親《した》しまれる人気《にんき》もの。しかし、その本性《ほんしょう》は……。
6年《ねん》1組《くみ》
伊藤孝司《いとうこうじ》
読書好《どくしょず》きでふだんはおとなしい性格《せいかく》だが、やるときはやる男子《だんし》。和也《かずや》と仲《なか》よし。
関本和也《せきもとかずや》
クラスのムードメーカー。お調子者《ちょうしもの》でハメをはずしてよく怒《おこ》られる。孝司《こうじ》と仲《なか》よし。
金谷章吾《かなやしょうご》
学年一運動神経《がくねんいちうんどうしんけい》がよく、頭《あたま》もいい。大人《おとな》びていて、いつもクールにまわりを見《み》ている。

Check!

ID		氏名	男・女
NO.			
手術日	年　月　日	生年月日 M T S H	年　月　日
手術時間	時間　分		

死神《しにがみ》鬼《おに》ごっこのルール

ルール① 子供《こども》は、死神《しにがみ》から逃《に》げなければならない。

ルール② 死神《しにがみ》は、子供《こども》を捕《つか》まえなければならない。

ルール③ 子供《こども》は、死神《しにがみ》を一ヶ所《いっかしょ》に集《あつ》めれば勝《か》ち。

ルール④ ロウソクの火《ひ》が消《き》えた子供《こども》は、

ルール⑤ 友《とも》だちを捨《す》てた子供《こども》が

優勝《ゆうしょう》

二《ふた》つの選《せん》択《たく》肢《し》

1

「……だれだっ？」

背後《はいご》からの気配《けはい》に気《き》づいて、金谷章吾《かなやしょうご》はふりかえった。

……シーン……

目《め》の前《まえ》にのびているのは、長《なが》い廊下《ろうか》。

窓《まど》から射《さ》しこむ夕暮《ゆうぐ》れの光《ひかり》が、床《ゆか》にくっきりと影《かげ》を描《えが》いている。廊下《ろうか》の奥《おく》までずらりとならんだ、病室《びょうしつ》のドア。つんと香《かお》る消毒薬《しょうどくやく》のにおい。

……だれもいない。

遠《とお》くから、お見舞《みま》いに訪《おとず》れた人《ひと》たちの話《はな》し声《ごえ》が聞《き》こえてくるだけだ。

「……気《き》のせいか？」

章吾《しょうご》は目《め》もとをぬぐいながら、注意深《ちゅういぶか》くあたりを見《み》まわした。

背後《はいご》からこちらをうかがうような気配《けはい》がしたと思《おも》ったが……かんちがいだったみたいだ。

ほっと息《いき》を吐《つ》いた。もう一度《いちど》、そででしっかりと目《め》もとをぬぐう。

だれかに見《み》られたかと思《おも》った。

「……ったく、カッコわりぃ……」

赤《あか》くなった目《め》もとを押《お》さえて、章吾《しょうご》はぽつりとつぶやいた。

こんなところ、医者《いしゃ》や、看護師《かんごし》や、大人《おとな》たちには、ぜったいに見《み》られたくない。

大人《おとな》たちならまだマシか。万《まん》が一《いち》、あいつらに……特《とく》に、あのバカ大翔《ひろと》なんかに見《み》られたりした日《ひ》には、いくら章吾《しょうご》でも立《た》ちなおれなかったところだ。

こんなところ。

……泣《な》いているところなんて。

もう帰《かえ》ろう。陽《ひ》が暮《く》れる。

章吾《しょうご》は息《いき》を吐《つ》くと、とぼとぼと病院《びょういん》の廊下《ろうか》を歩《ある》きはじめた。


『――いいや、気《き》のせいじゃないよ？』


歩《ある》きかけた章吾《しょうご》の背中《せなか》に……とつぜん、声《こえ》がかかった。

『バレちゃった。さすがだね。きちんとかくれてたつもりだったのに。おいらの気配《けはい》を感《かん》じとるなんて、そうそうできることじゃない』

声《こえ》は、すぐ近《ちか》くから聞《き》こえてきた。章吾《しょうご》からほんの……数《すう》メートル。

章吾《しょうご》は、すばやくあたりを見《み》まわした。

人《ひと》の姿《すがた》なんてない。病室《びょうしつ》のドアはすべて閉《と》ざされている。

『金谷章吾《かなやしょうご》。桜ヶ島小学校《さくらがじましょうがっこう》6年《ねん》1組《くみ》、出席番号《しゅっせきばんごう》6番《ばん》。学力《がくりょく》テスト2位《い》。スポーツテスト1位《い》。各種《かくしゅ》スポーツ大会《たいかい》のメダル多数《たすう》。昔《むかし》のあだ名《な》は、〝孤高《ここう》の天才《てんさい》〟』

あちこち視線《しせん》を走《はし》らせる章吾《しょうご》をよそに、声《こえ》はすらすらとつづけた。

子供《こども》の声《こえ》だった。章吾《しょうご》と同《おな》じ、小学生《しょうがくせい》くらいの声《こえ》だ。

声《こえ》は楽《たの》しそうにつづける。

『びっくりした？　ここ数《すう》ヶ月《かげつ》、おまえのこと、観察《かんさつ》させてもらったんだ』

「か、観察《かんさつ》だと……？」

『そ。じっくりと、ね。おまえさあ、なんで彼女《かのじょ》つくらないんだ？　せっかくモテるんだから、つくっちゃえばいいのに。あの宮原《みやはら》って子《こ》はどう？　あ、章吾《しょうご》が好《す》きなのは、高橋《たかはし》彩矢《あやや》ちゃん、だっけ？』

「だ、だれだ……！　かくれてないで、でてこいよ……っ！」

身《み》がまえながら、章吾《しょうご》はさけんだ。

学校《がっこう》のやつらのイタズラか？　でも、声《こえ》に聞《き》き覚《おぼ》えはない。

『べつにかくれちゃいないよ。ここだよ』

「ど、どこだ……っ」

『ここだって。下《した》』

いわれるまま、章吾《しょうご》は床《ゆか》を見《み》おろし……目《め》を見開《みひら》いた。

窓《まど》から射《さ》しこむ夕暮《ゆうぐ》れの光《ひかり》が、細《ほそ》く、長《なが》く、廊下《ろうか》に章吾《しょうご》の影《かげ》を描《えが》いている。

その章吾《しょうご》の影《かげ》のすぐとなりに——べつの影《かげ》が〝いた〟。

章吾《しょうご》と同《おな》じくらいの背格好《せかっこう》。章吾《しょうご》の影《かげ》とならぶように、そこに〝立《た》って〟いる。床《ゆか》の表《ひょう》面《めん》から、こちらを見《み》あげて笑《わら》っている。

『おどろいた？　見《み》てのとおり、おいらは、しがない影《かげ》だよ』

反射的《はんしゃてき》に章吾《しょうご》は横《よこ》をむいたが、となりにはだれの姿《すがた》もない。だれもいないのに、影《かげ》だけがいる。

『おいらは体《からだ》ってのを、持《も》ってないんだ。ほんとは名前《なまえ》も持《も》ってないんだけど……やっぱりそれだと不便《ふべん》だよね。そうだな、〝影鬼《かげおに》〟とでも呼《よ》んでよ』

へらへらといった。

その額《ひたい》に、1本《ぽん》――ツノが生《は》えているのに気《き》づいた。瞬間《しゅんかん》、章吾《しょうご》は廊下《ろうか》を蹴《け》った。

一目散《いちもくさん》にその場《ば》をはなれる。

『あ、待《ま》て！』

背中《せなか》から声《こえ》がひびいた。

ふりかえると、影《かげ》が、逃《に》げる章吾《しょうご》のあとを追《お》うようについてくる。

『待《ま》てって！』

待《ま》つかよ。章吾《しょうご》は舌打《したう》ちした。鬼相手《おにあいて》に。人《ひと》の肉《にく》を好《この》んで喰《く》うようなやつら相手《あいて》に。

油断《ゆだん》していた。まさか、こんなところで鬼《おに》とでくわすだなんて。仲間《なかま》はだれもいない。

みんなには、母《かあ》さんのことは秘密《ひみつ》にしているのだ。

夕暮《ゆうぐ》れに染《そ》まった病院《びょういん》の廊下《ろうか》を、章吾《しょうご》は全速力《ぜんそくりょく》で鬼《おに》から逃《に》げた。

＊　＊　＊

章吾《しょうご》が病院《びょういん》を訪《おとず》れたのは、その1時間前《じかんまえ》のことだった。

その日《ひ》、いつもどおりカウンターで受付《うけつけ》をすませると、章吾《しょうご》はランドセルを背負《せお》いなおして、母《かあ》さんの病室《びょうしつ》へむかった。外来《がいらい》ロビーのソファでは、松葉杖《まつばづえ》やマスク姿《すがた》の大人《おとな》たちが、大勢順番《おおぜいじゅんばん》を待《ま》っていた。

桜ヶ島総合病院《さくらがじまそうごうびょういん》は、桜ヶ島《さくらがじま》の街《まち》で一番大《いちばんおお》きな病院《びょういん》だ。最新《さいしん》の医療機器《いりょうきき》に、たくさんの病室《びょうしつ》とベッド。医者《いしゃ》の腕《うで》もいいと評判《ひょうばん》。

章吾《しょうご》は階段《かいだん》で3階《かい》にあがると、病棟《びょうとう》へ進《すす》んだ。

ナースステーションの前《まえ》を横切《よこぎ》ると、看護師《かんごし》たちが気《き》づいて手《て》をふってくる。

「章吾《しょうご》くん！　今日《きょう》もお見舞《みま》い？　毎日《まいにち》えらいなぁ！　ほんと、感心《かんしん》しちゃう」

「こんなできた息子《むすこ》、わたしもほしいわぁ。うちの子《こ》も少《すこ》しは見習《みなら》ってくれればねえ……」

毎日《まいにち》きていたら、すっかり顔《かお》を覚《おぼ》えられてしまったみたいで、みんな、章吾《しょうご》を見《み》るとニコニコ声《こえ》をかけてくる。ちょっとめんどくさい。

左右《さゆう》にずらりと病室《びょうしつ》のならんだ廊下《ろうか》を、章吾《しょうご》は奥《おく》へ進《すす》んだ。突《つ》きあたりの部屋《へや》の前《まえ》で、足《あし》を止《と》めた。

「調子《ちょうし》どう？　母《かあ》さん」

「……章吾《しょうご》」

ドアを開《あ》けると、ベッドに横《よこ》たわっていた章吾《しょうご》の母《かあ》さんは、力《ちから》なく目《め》だけで章吾《しょうご》を見《み》た。

眠《ねむ》っていたわけではなさそうだ。けど、なにかしていたわけでもない。

以前《いぜん》は、章吾《しょうご》がお見舞《みま》いにくると、たいていのんびり本《ほん》を読《よ》んでいた。そうしてベッドから身《み》を乗《の》りだして、学校《がっこう》での話《はなし》を聞《き》きたがった。

このごろは、章吾《しょうご》がきても、だるそうに横《よこ》たわったまま動《うご》かない。さしいれた本《ほん》は、病《びょう》室《しつ》のすみでほこりをかぶっている。

青白《あおじろ》い顔色《かおいろ》。やせた体《からだ》つき。

「……どうして、きたの？」

母《かあ》さんは横《よこ》たわったまま、じっと章吾《しょうご》をにらんだ。

「毎日《まいにち》こなくてもいいって、お母《かあ》さん、いったでしょ？」

「べつに、いいじゃん」

章吾《しょうご》は窓《まど》を開《あ》け、空気《くうき》をいれかえた。

花瓶《かびん》にいけられた花の水《みず》を、あたらしいものにかえる。

ランドセルから、テレビで宣伝《せんでん》していたマンガをとりだしてならべる。母《かあ》さんくらいの年《とし》の女《おんな》の人《ひと》に人気《にんき》なんだって。

持《も》ってきたビニル袋《ぶくろ》からリンゴをとりだし、ナイフで皮《かわ》をむきはじめた。

母《かあ》さんはそんな章吾《しょうご》を見《み》ながら、ムスッとした顔《かお》をしている。

「……章吾《しょうご》、いってたよね？」

「ん？」

「明日《あした》は、友《とも》だちと……大翔《ひろと》くんたちと遊《あそ》ぶ約束《やくそく》したんだって。昨日《きのう》、いってたよね？」

どうやらまだ、毎日《まいにち》こなくていいっていってことをいってるらしい。

以前《いぜん》は、退屈《たいくつ》だから顔《かお》だして、っていってたくせに。勝手《かって》なもんだよな。

章吾《しょうご》は肩《かた》をすくめた。

「断《ことわ》ったよ。たまには遊《あそ》ぼうぜって、さそわれたんだけどさ。べつに、大翔《ひろと》たちなんかと遊《あそ》んだって、つまんないし」

ほんとは、ちょっと——ほんのちょっとだけ残念《ざんねん》だったけど、章吾《しょうご》はそういってぺろっと舌《した》をだした。

するするリンゴの皮《かわ》をむくと、8つにきって種《たね》をとり、フォークをそえて母《かあ》さんにさしだす。

「こんど、また手術《しゅじゅつ》なんだろ？　栄養《えいよう》とって、体力《たいりょく》つけなきゃ。……ったく。われながら、できた息子《むすこ》だよなぁ。俺《おれ》」

章吾《しょうご》は笑《わら》って、胸《むね》をはってみせた。

……いつもだったら、ナマイキに、とか笑《わら》ってくれるはずだった。

「……なんで、断《ことわ》るの？」

母《かあ》さんは、ふとんをじっとにらんだまま、低《ひく》い声《こえ》をだしてよこした。

「え？」

「どうして、友《とも》だちとの約束《やくそく》、簡単《かんたん》に断《ことわ》っちゃうの？」

「どうしてって……」

章吾《しょうご》は戸惑《とまど》った。母《かあ》さんは起《お》きあがり、きっ、と章吾《しょうご》をにらみつけた。

「それは、だから、お見舞《みま》いが、」

「――いいかげんにしなさい！　あなたは、小学生《しょうがくせい》なのよ？」

章吾《しょうご》はびくっとした。

母《かあ》さんの大声《おおごえ》なんて、はじめて聞《き》いたのだ。

「お母《かあ》さんのこととか、気《き》にしなくていいでしょ！　みんな、友《とも》だちと遊《あそ》んでるでしょうに。どうして断《ことわ》っちゃうの！」

母《かあ》さんは、顔《かお》を真《ま》っ赤《か》にして……本気《ほんき》で怒《おこ》っていた。

わけがわからない。あっけにとられて、章吾《しょうご》はぽかんとした。俺《おれ》、なにか悪《わる》いことした？

章吾《しょうご》はそれまで、大人《おとな》にしかられたことなんてなかった。クラスメイトたちはよく、親《おや》や先生《せんせい》にしかられたってぶうたれているけど、章吾《しょうご》はほめられこそすれ、しかられたことなんて一度《いちど》もない。

だから章吾《しょうご》はどうしていいかわからず、おろおろと立《た》ちつくしていた。

「章吾《しょうご》はそういうとこ、なおしなさい」

母《かあ》さんは、強《つよ》い調子《ちょうし》でつづけた。

「たしかにあなたは、なんでもできる、すごい子《こ》よ。でもね、人間《にんげん》、1人《ひとり》でできることなんて、たかが知《し》れてるものよ。この先《さき》の長《なが》い人生《じんせい》、自分《じぶん》1人《ひとり》でどうしようもなくなったら、あなたどうするつもりなの？」

人《ひと》は1人《ひとり》では生《い》きていけないものです……校長先生《こうちょうせんせい》の長話《ながばなし》みたいなこと、母《かあ》さんがいいだすのははじめてだ。とつぜんはじまった説教《せっきょう》に、章吾《しょうご》はぜんぜん納得《なっとく》がいかない。

いつもは、1人《ひとり》でなんでもできるようにって、真逆《まぎゃく》のことといってたじゃないか。お見舞《みま》いにきただけで、どうしてこんなしかられなくちゃいけないんだ。なんだってんだよ？　おかしいじゃないか。

……自分《じぶん》1人《ひとり》で、どうしようもなくなったら？

そんなの、ねえよ。

「章吾《しょうご》。これだけは覚《おぼ》えておいて。もしもこの先《さき》、悩《なや》んだり、傷《きず》ついたりして、1人《ひとり》でどうしようもなくなったときはね。まわりの人《ひと》を……ううん」

母《かあ》さんは、ようやくいつもの、おだやかな声《こえ》にもどった。

いや……おだやかすぎた。なぜか、思《おも》った。――覚悟《かくご》した人間《にんげん》の声《こえ》だって。

覚悟《かくご》？　なんの？

じっと、まっすぐに見《み》つめてくる瞳《ひとみ》に、章吾《しょうご》は気圧《けお》され、ごくりと息《いき》をのんだ。

「1人《ひとり》でどうしようもなくなったときはね。――友《とも》だちをたよりなさい」

「…………」

「章吾《しょうご》は、なんでも1人《ひとり》でやっちゃおうとするでしょ？　なんでもできるぶん、人《ひと》にたよるのがヘタクソ。それは章吾《しょうご》の弱点《じゃくてん》だって、お母《かあ》さん思《おも》ってる。それがお母《かあ》さん、すごく心配《しんぱい》」

なんか、いやな感《かん》じだ。母《かあ》さんの話《はな》しかたに、違和感《いわかん》がある。

なんだろう――。

「いまはいいのよ。お母《かあ》さんがいるもの」

母《かあ》さんはつづけた。

「でも、お母《かあ》さんがいなくなったあともそのままだったら、あなた、ひとりぼっちになっちゃう。……だからね、章吾《しょうご》。毎日《まいにち》お見舞《みま》いなんて、こなくていいの。友《とも》だちとの時間《じかん》を大切《たいせつ》にして。みんなと遊《あそ》んで、」

「…………いま、なんていった？」

章吾《しょうご》は訊《き》きかえした。

後半《こうはん》は聞《き》いていなかった。ただ、そのフレーズだけがひっかかった。

「お母《かあ》さんがいなくなったあとって、いった？」

母《かあ》さんは口《くち》をひきむすんだ。

なにもいわない。うつむいてだまっている。

「なに？　それ」

このところの会話《かいわ》の違和感《いわかん》の正体《しょうたい》が、ようやくわかった。

前《まえ》は、治《なお》ったらなにしようかって話《はなし》ばかりしていた。でもこのごろの母《かあ》さんは、治《なお》ったときのことじゃなくて、自分《じぶん》が死《し》んだあとのことを考《かんが》えてしゃべってたんだ。

頭《あたま》に血《ち》がのぼった。

「なんだよ……なにいってんだよ！」

わかってた。

母《かあ》さんはこのごろ、またやせた。病気《びょうき》が悪《わる》くなっているのはあきらかだ。

だから心配《しんぱい》で、きてるんじゃないか。大翔《ひろと》たちとのんきに遊《あそ》んでるヒマなんかないじゃないか。ずっと病室《びょうしつ》にいる母《かあ》さんが、ちょっとでも笑《わら》えるようにってきてるんじゃないか。なのに母《かあ》さんは自分《じぶん》が死《し》んだあとのことなんて考《かんが》えて、章吾《しょうご》を怒《おこ》るのか。

ふざけんなよ。やってられない。

「帰《かえ》る！」

ランドセルをひったくって病室《びょうしつ》をでると、たたきつけるようにドアを閉《し》めた。いつもクールなやつ——みんなにそういわれている章吾《しょうご》が、こんなに怒《おこ》ったのははじめてだった。

早足《はやあし》で廊下《ろうか》をもどる。

と、泣《な》き声《ごえ》が聞《き》こえてきた。

まがり角《かど》のむこうからだ。章吾《しょうご》は立《た》ちどまった。

看護師《かんごし》たちの声《こえ》だ。廊下《ろうか》のすみで、声《こえ》をひそめてなにか話《はな》している。

「わたし、章吾《しょうご》くんにどんな顔《かお》してあげればいいか、わからなくて……」

「ふつうにしてなさい。あなたが泣《な》いてどうするの。つらいのは章吾《しょうご》くんとお母《かあ》さんでしょうに。わたしたちにできるのは、手術《しゅじゅつ》のサポートをしっかりすることだけよ」

「でも、成功《せいこう》する見《み》こみはほとんどないっていうじゃないですか」

「それでも、お母《かあ》さんは受《う》けるっておっしゃってるの。ほんの少《すこ》しでも希《き》望《ぼう》があるなら、受《う》けるっておっしゃってるの」

「わたし、章《しょう》吾《ご》くんがかわいそうで……」

「…………」

「…………」

「…………」


そのあとは聞《き》こえなかった。

耳《みみ》に音《おと》ははいっていたのかもしれないけれど、章《しょう》吾《ご》の頭《あたま》はそれを言《こと》葉《ば》として認《にん》識《しき》できなかった。

しばらく、その場《ば》につったっていた。5分《ふん》、10分《ぷん》……。

ようやく、角《かど》をまがった。

ナースステーションの前《まえ》をとおりすぎる。

「章吾《しょうご》くん、もう帰《かえ》るの？　お母《かあ》さん、リンゴおいしかったって？　くーっ、わたしも食《た》べたかったわー！」

「ほんと、うちの子《こ》も少《すこ》しは見習《みなら》ってくれればねえ……」

2人《ふたり》の看護師《かんごし》は、ニコニコ笑顔《えがお》を章吾《しょうご》にむけた。ついさっき、涙《なみだ》まじりで話《はな》していたのと同《おな》じ声《こえ》だ。さっきの話《はなし》のことなんて、おくびにもださない。章吾《しょうご》は大人《おとな》の笑顔《えがお》なんて、金輪際《こんりんざい》、信《しん》じないだろう。

そのままテクテクと廊下《ろうか》を歩《ある》いた。

出口《でぐち》にはむかわず、病院《びょういん》のなかを、こわれたロボットみたいに、ぐるぐる、ぐるぐる。医者《いしゃ》や看護師《かんごし》や面会《めんかい》の家族《かぞく》が、ニコニコ声《こえ》をかけてくるのに返《かえ》す。

気《き》づくと、あたりにはだれもいなかった。章吾《しょうご》は階段《かいだん》の踊《おど》り場《ば》の陰《かげ》にいた。夕暮《ゆうぐ》れの光《ひかり》が窓《まど》から射《さ》しこんでいる。

退院《たいいん》だ、と思《おも》った。

ようやく母《かあ》さんは、病室《びょうしつ》をでるんだ。

……顔《かお》に白《しろ》い布《ぬの》をかけて。

「う……うぁ……」

章吾《しょうご》は、だれもいない階段《かいだん》の踊《おど》り場《ば》にうずくまった。

のどの奥《おく》から、ひっくひっくとなにかがこみあげてきた。涙《なみだ》がぽろぽろあふれて、ほおを伝《つた》った。

「うぁあ、うぁあああ……！　うぁあああああああああ…………っ」

母《かあ》さんも、大人《おとな》たちも、友《とも》だちも、だれもいない場所《ばしょ》で。

ひとりぼっちでうずくまり、章吾《しょうご》は声《こえ》を殺《ころ》して泣《な》いた。

ただ影《かげ》のなかから鬼《おに》だけが、じいっとそれを見《み》あげていた。

2

章吾《しょうご》は全力《ぜんりょく》で廊下《ろうか》を走《はし》り抜《ぬ》ける。

『待《ま》てって！』

影鬼《かげおに》は背後《はいご》から追《お》ってきた。まるでふりきれない。章吾《しょうご》の走《はし》りに、ピタリとついてくる。

前方《ぜんぽう》に人《ひと》の姿《すがた》が見《み》えて、章吾《しょうご》はあわてて廊下《ろうか》を折《お》れた。

階段《かいだん》にいきあたった。上下《じょうげ》にのびた階段《かいだん》を前《まえ》に、章吾《しょうご》は迷《まよ》った。

上《うえ》の階《かい》には屋上《おくじょう》しかない。追《お》いつめられてしまう。逃《に》げるなら下《した》へいくべきだ。足《あし》を踏《ふ》みだした。

下《した》の階《かい》から声《こえ》が聞《き》こえてきた。面会客《めんかいきゃく》たちの笑《わら》い声《ごえ》だ。

章吾《しょうご》は、三段《だん》飛《と》ばしで階段《かいだん》をかけあがった。のぼりきると、廊下《ろうか》を走《はし》って突《つ》きあたりのドアにとりつく。

――ガチャッ。ガチャガチャッ

屋上《おくじょう》へのドアは、カギがかけられていた。押《お》してもひいても、びくともしない。

章吾《しょうご》は息《いき》を荒《あら》らげながら、ドアを背《せ》にうしろにむきなおった。

影鬼《かげおに》はついてきていた。

章吾《しょうご》と同《おな》じ目線《めせん》の位置《いち》に〝立《た》って〟いる。廊下《ろうか》の床《ゆか》に下半身《かはんしん》をおき、上半身《じょうはんしん》を細長《ほそなが》くのばして、横《よこ》のコンクリ壁《へき》にうつっているのだ。

影《かげ》のくせになぜか、表情《ひょうじょう》がわかる。腕《うで》を組《く》み、楽《たの》しそうに笑《わら》って章吾《しょうご》を見《み》ている。

もう逃《に》げられない。武器《ぶき》もない。影相手《かげあいて》に、戦《たたか》いかたもわからない。

さあ、どうする。

『逃《に》げなくてもいいじゃんか。いきなり逃《に》げだすなんて、臆病者《おくびょうもの》のすることだ。章吾《しょうご》らしくないよ』

緊張《きんちょう》に体《からだ》を強《こわ》ばらせた章吾《しょうご》をよそに、影鬼《かげおに》はぶうたれた声《こえ》をだした。

『……いや、ちがうか。正体《しょうたい》のわからないやつ相手《あいて》に、戦《たたか》いかたもわからないもんね。あの場《ば》は逃《に》げの一手《いって》が最善《さいぜん》か。その選択《せんたく》をすばやくできる決断力《けつだんりょく》は、むしろ章吾《しょうご》らしいのか』

うん、そうだ、と1人《ひとり》でうなずいている。

章吾《しょうご》は油断《ゆだん》なく影鬼《かげおに》をにらみつける。

『ともかくさ、逃《に》げなくていいよ。おいら、おまえをとって喰《く》ったりしない。おいら、おまえの敵《てき》じゃないんだ。どっちかというと……』

と、影鬼《かげおに》は身《み》を乗《の》りだした。

廊下《ろうか》の壁《かべ》の上《うえ》で、顔《かお》を寄《よ》せて大《おお》きくなって……ニッコリ笑《わら》った。

『章吾《しょうご》の、〝ファン〟だ』

「…………」

章吾《しょうご》は、まゆをひそめた。

首《くび》をかしげた。

訊《き》きかえす。

「……………は？」

『ここ数ヶ月《すうかげつ》、ずっと見《み》てたっていったろ？　それで章吾《しょうご》のファンになったんだ。だって章吾《しょうご》って、頭《あたま》がよくてさ、運動《うんどう》もできる。クールだけど根《ね》はやさしいし、男気《おとこぎ》もあるじゃん？』

いきなりなにいってんだ？　こいつ。

章吾《しょうご》はぽかんとした。

『いまだって、屋上《おくじょう》にあがってきたろ？　逃《に》げるなら下《した》の階《かい》へおりるしかないのに。下《した》の階《かい》には人《ひと》がたくさんいるから、みんなを巻《ま》きこまないように、階段《かいだん》をのぼった。ちがう？』

「それは、まあ……」

……そうだけど。

『すげーじゃん！　自分《じぶん》が追《お》われてヤバイってときに、他人《たにん》の身《み》を案《あん》じられる……超《ちょう》カッコいーじゃん！　そりゃ、ファンだってできるじゃん』

章吾《しょうご》は目《め》を白黒《しろくろ》させた。

こんなこというとあれだけど、ほめられるのにはなれていた。大人《おとな》も子供《こども》もみんな、章《しょう》吾《ご》のことをよくほめる。

でも……さすがに鬼《おに》にまで、こんなベタぼめされる日《ひ》がくるとは、思《おも》わなかった。

『だから警戒《けいかい》するなよ。おいら、章吾《しょうご》の敵《てき》じゃない。味方《みかた》だ』

章吾《しょうご》は、かろうじていいかえした。

「お、鬼《おに》のいうことなんて、信《しん》じられるかよ……」

『その冷静《れいせい》な判断力《はんだんりょく》もいいじゃん。クール。超《ちょう》クール。くーっ、カッコいいなぁ』

女子《じょし》か。なんなんだ、こいつ。

影鬼《かげおに》はうれしそうに、章吾《しょうご》の体《からだ》を頭《あたま》の先《さき》からつま先《さき》までしげしげと見《み》やっている。

いうことを信《しん》じたわけじゃないが……章吾《しょうご》は警戒《けいかい》をといた。おそってくるなら、とっくにしているはずだ。

「おまえ……なんなんだよ」

『ただの影《かげ》だよ。平面世界《へいめんせかい》でしか生《い》きられない、チンケな存在《そんざい》さ。体《からだ》を持《も》って生《う》まれてくることができなかった、できそこないの鬼《おに》だよ』

ずいぶんへりくだったいいかたをする。

『章吾《しょうご》にも、なかなか話《はな》しかけられなかったんだ。体《からだ》を持《も》ってるやつに話《はな》しかけるなんて、恐《おそ》れ多《おお》いもの。でも、さっきの章吾《しょうご》を見《み》てて、気《き》が変《か》わった。章吾《しょうご》の力《ちから》になれると思《おも》って』

「……力《ちから》に？　鬼《おに》がなにいってやがる」

章吾《しょうご》はまゆをひそめた。

『知《し》りたくない？　――お母《かあ》さんを助《たす》ける方法《ほうほう》』

章吾《しょうご》はハッと息《いき》をのんだ。影鬼《かげおに》はうなずく。

『もう、わかってるだろ？　このままだとこんどの手術《しゅじゅつ》で、章吾《しょうご》のお母《かあ》さんは死《し》んじゃうよ』

「…………」

『運命《うんめい》、天命《てんめい》……人間《にんげん》はいろいろな呼《よ》びかたをしてるみたいだけど、そんなものでさ、死《し》んじゃうんだ。どうする？　章吾《しょうご》』

「ど、どうするって……」

戸惑《とまど》う章吾《しょうご》に、影鬼《かげおに》はすらすらとつづける。

『もちろん、人間《にんげん》はいつか死《し》んじゃうよね。どんなにまじめに生《い》きていたって、どんなにやさしい人《ひと》だって、関係《かんけい》なく死《し》んでしまうよね。それは運命《うんめい》なんだって、受《う》けいれるのがさだめなんだって、キミら人間《にんげん》のシソウとかシュウキョウはいうよね。……でもおいらにはわからないな』

影鬼《かげおに》は不思議《ふしぎ》そうに首《くび》をひねった。

『運命《うんめい》だの天命《てんめい》だの、ただの言《い》い訳《わけ》だ。なぜ戦《たたか》わないの？　せっかく体《からだ》を持《も》っているのに』

「うるせえ！　……鬼《おに》なんかになにがわかる」

章吾《しょうご》は影鬼《かげおに》をにらみつけた。

「戦《たたか》ったんだ。母《かあ》さんは戦《たたか》ってたんだ。それでも、どうしようもないんだ。……だから」

章吾《しょうご》は唇《くちびる》をかんだ。

だから、母《かあ》さんが死《し》んでしまうのを、俺《おれ》はただだまって見《み》ているしかないんだ……。

だって、運命《うんめい》だから。

『その〝運命《うんめい》〟を退《しりぞ》ける方法《ほうほう》を、おいらは知《し》ってるっていってるんだよ』

「………」

章吾《しょうご》は目《め》を見開《みひら》いた。

ごくりとつばをのんだ。

「なにいってやがる……」

『どうしようもない？　それは『人間《にんげん》には』だろ？　たしかに人間《にんげん》じゃ、やつらに手《て》だしできない。章吾《しょうご》だけじゃ、お母《かあ》さんを守《まも》れない』

影鬼《かげおに》は、うかがうように章吾《しょうご》を見《み》た。

『でも、〝鬼《おに》〟ならべつだ。やつらと戦《たたか》うことができる。……運命《うんめい》ってのを、牛耳《ぎゅうじ》ってるやつらと』


『――おいらと手《て》を組《く》まない？』


その鬼《おに》は、ほかの鬼《おに》とはちがっていた。人《ひと》を喰《く》うことはせず、協力《きょうりょく》をもうしでた。

「……なにが、目的《もくてき》だ？」

章吾《しょうご》は影鬼《かげおに》をにらんで、低《ひく》い声《こえ》で訊《き》いた。

「どうして俺《おれ》に、そんなこと教《おし》えるんだ？」

『どうしてっていわれてもなぁ。おいらがそうしたいだけだよ』

影鬼《かげおに》は首《くび》をひねった。

『おいらってさ、しょせんは影《かげ》だ。自分《じぶん》の体《からだ》を持《も》ってない、できそこないなんだよ』

そういって、しょんぼりとうつむいた。

『だから、おいらにとってはね。自分《じぶん》の体《からだ》で、走《はし》ったり。自分《じぶん》の体《からだ》を、きたえたり。そういうことができるやつって、雲《くも》の上《うえ》の存在《そんざい》なんだ。尊敬《そんけい》してるんだよ』

影鬼《かげおに》は、キラキラした目《め》で章吾《しょうご》を見《み》つめた。

嘘《うそ》をいっているようには、見《み》えなかった。

『特《とく》におまえは、すごいやつだ。はじめて見《み》たんだ、おまえみたいなやつ。優秀《ゆうしゅう》な体《からだ》。優秀《しゅう》な頭《あたま》。それに……まあ、ほかにもあるけど。おいらがずっと憧《あこが》れてたもの、章吾《しょうご》は全部《ぜんぶ》持《も》ってる。だから章吾《しょうご》はおいらにとって、神様《かみさま》みたいなものなんだ』

偉大《いだい》な芸術作品《げいじゅつさくひん》でも鑑賞《かんしょう》するように、影鬼《かげおに》はじいっと章吾《しょうご》を見《み》つめる。ここまでほめられることは、ちょっとない。さすがの章吾《しょうご》も、ムズムズしてきた。

『こんなおいらだけど……おまえの役《やく》に立《た》てればって、理由《りゆう》はそれだけさ。……ま、考《かんが》えといてよ。おいらとおまえが手《て》を組《く》めば、むかうところ敵《てき》なしだ。運命《うんめい》だって変《か》えられる』

いうと、フッと姿《すがた》を消《け》した。

影鬼《かげおに》がいなくなると、章吾《しょうご》は止《と》めていた息《いき》を吐《は》きだした。

はりつめていた全身《ぜんしん》から力《ちから》が抜《ぬ》け、廊下《ろうか》にへたりこむ。とりあえず、助《たす》かったみたいだ。

ぽつりとつぶやいた。

「〝運命《うんめい》〟を、退《しりぞ》ける方法《ほうほう》……？」

信《しん》じる気《き》は、起《お》きなかった。

鬼《おに》は邪悪《じゃあく》な存在《そんざい》だ。人《ひと》を喰《く》うことばかり考《かんが》えている。人《ひと》をオモチャにして楽《たの》しむやつもいる。人間《にんげん》に化《ば》けた鬼《おに》に手《て》ひどくだまされ、やられそうになったこともある。

聞《き》いちゃダメだ、鬼《おに》のいうことなんて。真《ま》に受《う》けちゃダメだ。でたらめか、罠《わな》にきまってる。

でも。

（……母《かあ》さん）

ほおのこけた白《しろ》い顔《かお》。やせた体《からだ》。

弱《よわ》ってしまった母《かあ》さんの姿《すがた》を思《おも》いだすと、章吾《しょうご》はたまらなくなってしまう。

どうすればいいだろう？　きめなくちゃいけない。
——得体《えたい》の知《し》れない鬼《おに》のいうことを聞《き》いて、運命《うんめい》と戦《たたか》うか？
——母《かあ》さんの手術《しゅじゅつ》の成功《せいこう》を信《しん》じて、運命《うんめい》に祈《いの》るか？

どっちの道《みち》を進《すす》めばいい？
わからない。ぜんぜん、わからなかった。章吾《しょうご》1人《ひとり》では、判断《はんだん》がつかなかった。
（1人《ひとり》でどうしようもなくなったときはね）
ふと、母《かあ》さんの言葉《ことば》が頭《あたま》にうかんだ。
迷《まよ》った章吾《しょうご》への、道標《みちしるべ》みたいに。
（友《とも》だちをたよりなさい）
大翔《ひろと》たちの顔《かお》が、頭《あたま》にうかんだ。

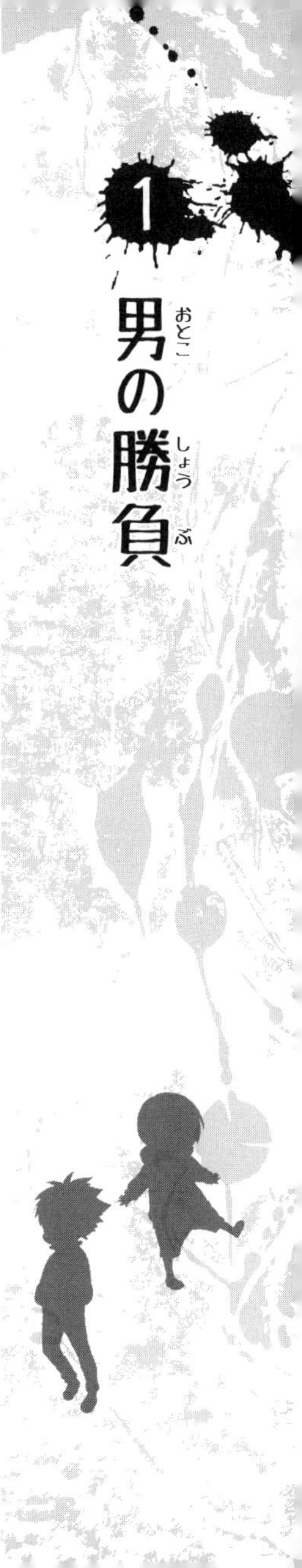

1 男《おとこ》の勝負《しょうぶ》

1

「……ゆ、悠《ゆう》。いままで、ありがとな……。楽《たの》しかった、ぜ……。おれ、おまえのこと、忘《わす》れない……」

ぐったりと力《ちから》なく机《つくえ》につっぷし、大場《おおば》大翔《ひろと》はうめいた。

「ひ、ヒロトぉ……。しっかりして、しっかりしてよう。死《し》なないでよう……」

となりの席《せき》の桜井《さくらい》悠《ゆう》が、大翔《ひろと》の肩《かた》をゆさゆさとゆさぶる。大翔《ひろと》は起《お》きあがらない。ぐふっ、といって、口《くち》もとを押《お》さえた。

ここは桜ヶ島小学校《さくらがじましょうがっこう》。

おいしい給食《きゅうしょく》と、楽《たの》しい昼休《ひるやす》みの終《お》わったあと。

開《あ》いた窓《まど》から、さわやかな風《かぜ》と、あたたかな陽《ひ》の光《ひかり》が射《さ》しこむ、のどかなのどかな5時間目《じかんめ》。

……6年《ねん》2組《くみ》の教室《きょうしつ》は、戦場《せんじょう》と化《か》していた。

みんな机《つくえ》につっぷして、戦《いくさ》でやられた兵士《へいし》のごとく、頭《あたま》をかかえて、ぐああとか、もうだめだ……とか、うめきまくっている。

数日前《すうじつまえ》にやった学力《がくりょく》テストの、答案返却《とうあんへんきゃく》をしているのだった。

担任《たんにん》の三好先生《みよしせんせい》が、教卓《きょうたく》の脇《わき》で、その地獄《じごく》の紙束《かみたば》をかかえている。1人《ひとり》ひとりの名前《なまえ》を呼《よ》んで、なにか一言《ひとこと》コメントとともに、答案《とうあん》を手《て》わたす。

点数《てんすう》のよかった子《こ》には、

「○○ちゃん。よくがんばったわね。つぎもがんばってね」

ふつうだった子《こ》には、

「××くん。まあまあね。でも、もっとのばせそうね」

YABAI
KU MA

大翔《ひろと》に答案《とうあん》を返《かえ》すとき、三好先生《みよしせんせい》は、とびきりの笑顔《えがお》でニコッと笑《わら》った。大翔《ひろと》は、おっ、と思《おも》った。

(やった。ほとんどカンで埋《う》めたけど……実《じつ》はなかなかできてたんだな!)

そう思《おも》って、大翔《ひろと》もニコッと笑《わら》いを返《かえ》した。

三好先生《みよしせんせい》はとびきりの笑顔《えがお》のまま、大翔《ひろと》に答案《とうあん》を突《つ》きだして、一言《ひとこと》、

「大場《おおば》くん。――ヤバイです」

ヤバかった。

答案《とうあん》に書《か》かれていたのは、たいへんにヤバイ点数《てんすう》だった。

「……おれはもう、ダメだ……。いままで、ありがと……。おれら、親友《しんゆう》だよな、悠《ゆう》……」

「ヒロト1人《ひとり》じゃ、死《し》なせない……。死《し》ぬときは、ぼくも一緒《いっしょ》だよ。すぐにあとを追《お》うよ……」

死《し》にかけの魚《さかな》みたいにぴくぴくしている大翔《ひろと》に、力強《ちからづよ》くうなずきかける悠《ゆう》。

桜井悠《さくらいゆう》は、大翔《ひろと》の幼《おさな》なじみで親友《しんゆう》だ。

親友《しんゆう》ってのは、こういうとき、一緒《いっしょ》にヤバイ点《てん》をとってくれるやつのことをいう……大《ひろ》翔《と》の持論《じろん》である。

「つぎ、桜井《さくらい》くん。……まあまあかな。でも、もっとできるわね」

「先生《せんせい》。ぼくの点数《てんすう》、ヤバイ？」

「うーん。ヤバイってほどじゃないかな」

「ヒロト、ごめん。1人《ひとり》で安《やす》らかに眠《ねむ》ってね……」

「う、裏切《うらぎ》られた……。親友《しんゆう》だと思《おも》ってたのに……。――がくっ」

頭《こうべ》を垂《た》らしてつっぷす大翔《ひろと》に、なむなむと合掌《がっしょう》する悠《ゆう》。クラスメイトたちの笑《わら》い声《ごえ》がひびく。……まぁ、もう笑《わら》いをとるくらいしかないんだよ、この点数《てんすう》。

「はいはい、みんなしずかにーっ。大場《おおば》くんの冥福《めいふく》はあとで祈《いの》りましょうね。つぎ、宮原《みやはら》さん」

宮原葵《みやはらあおい》が、はい、と席《せき》を立《た》った。

お、宮原《みやはら》だ、とみんなが注目《ちゅうもく》する。

宮原葵《みやはらあおい》も、大翔《ひろと》の幼《おさな》なじみだ。勉強大好《べんきょうだいす》き、テストの点数《てんすう》を生《い》きがいにしているのが、大翔《ひろと》にはさっぱりわからないけど。

ほんとは何日《なんにち》も前《まえ》からテスト結果《けっか》を気《き》にしていたくせに、葵《あおい》は、べつに点数《てんすう》なんてぜんぜん気《き》になりません、というような澄《す》ました顔《かお》で教卓《きょうたく》へむかった。

「宮原《みやはら》さんは——さすがの一言《ひとこと》ですね！」

三好先生《みよしせんせい》が声《こえ》をはりあげる。

「今回《こんかい》もダントツでクラス1位《い》です。全教科《ぜんきょうか》95点以上《てんいじょう》。みんな、見習《みなら》うよーに！」

みんな、うおお、と感嘆《かんたん》の声《こえ》をもらした。

さすが宮原《みやはら》だ、葵《あおい》ちゃんすごいー、と歓声《かんせい》があがる。

葵《あおい》はそんな歓声《かんせい》に、ちょこんと一礼《いちれい》だけして席《せき》にもどった。澄《す》ましてるけど、ほおがめちゃくちゃゆるんでるぞ、葵《あおい》。スキップまじりになってるし。

「……ただ今回《こんかい》は、よそのクラスにさらに上《うえ》がいました。だから宮原《みやはら》さんは、学年《がくねん》では惜《お》しくも2位《い》」

三好先生《みよしせんせい》の言葉《ことば》に、葵《あおい》は、ええっ？　と身《み》を乗《の》りだした。

ここ何年《なんねん》も、大翔《ひろと》たちの学年《がくねん》は、ずっと葵《あおい》がトップだったのに。

「1位《い》は、だれだったんですか？」

「1組《くみ》の、金谷章吾《かなやしょうご》くん。全教科満点《ぜんきょうかまんてん》近《ちか》かったみたい。先生《せんせい》たちもおどろいてたわ」

三好先生《みよしせんせい》が告《つ》げると、教室《きょうしつ》は感嘆《かんたん》の声《こえ》につつまれた。

──あいつは、天才《てんさい》だもんなぁ。まさか宮原《みやはら》が敗《やぶ》れるとは。

──運動《うんどう》もダントツのくせに、勉強《べんきょう》までトップってなんなんだよ。しかも、あいつが勉《べん》強《きょう》してるとことか、見《み》たことねぇ……。

──俺《おれ》たちとは、できそのものがちがうんだよな。同《おな》じ小学生《しょうがくせい》とは思《おも》わねぇぞ……。

──あれ、自分《じぶん》は金谷《かなや》のライバルだとかいってるやつ、うちのクラスにいなかったっけ？　だれだっけ？

──まっさかあ。そんな身《み》のほど知《し》らず、いるわけねーだろ。な、大翔《ひろと》？

ざわざわと騒《さわ》ぐクラスメイトたち。近《ちか》くの席《せき》のやつらが、大翔《ひろと》ににやにや笑《わら》いかけてくる。

く、くそお……。バカにしやがって……。

金谷章吾《かなやしょうご》のことを、大翔《ひろと》はライバルだって思《おも》ってるのだ。宿命《しゅくめい》のライバルってやつ。いや、勉強《べんきょう》はちがうさ。それは例外《れいがい》。

運動全般《うんどうぜんぱん》……なかでも陸上《りくじょう》では、特《とく》にいいライバルなんだ。

大翔《ひろと》は章吾《しょうご》を追《お》い抜《ぬ》くために、毎朝走《まいあさはし》りこみの練習《れんしゅう》をしている。そのかいあって、このごろはほとんどタイムも変《か》わらなくなった。

みんな、章吾《しょうご》のことを天才《てんさい》だとかいって、はりあう大翔《ひろと》にあきれ顔《がお》をむけるけどさ。

章吾《しょうご》だって、おれたちと同《おな》じ、小学生《しょうがくせい》なんだ。追《お》いかけていれば、いつかは追《お》いつく。

ちょうど、6時間目《じかんめ》は体育《たいいく》だった。100メートル走《そう》がある。今日《きょう》こそ章吾《しょうご》に勝《か》ってやる。

やってやるぞ！　こんなテストのことはさっさと忘《わす》れて、がんばるんだ！

見《み》てろよ！

「おお、大翔《ひろと》が燃《も》えてるぞ……」

「都合《つごう》よくテストのことを忘《わす》れるきりかえのはやさ。さすがだな……」

「こりゃ6時間目《じかんめ》の賭《か》けが楽《たの》しみだな、皆《みな》の衆《しゅう》……」

「大場《おおば》くん。勉強《べんきょう》にも燃《も》えてくれたら、先生《せんせい》うれしいんだけどなぁ……」

「男子《だんし》ってバカなのかしら……」

いろんな声《こえ》がしたけれど、大翔《ひろと》はあえて、聞《き》こえないふりをした。

知《し》ーらね！

2

大翔《ひろと》は手《て》ばやく体操服《たいそうふく》に着替《きが》えると、校庭《こうてい》へむかった。はやめにいって、アップをしておこう。

「よう、ヤバイ点数《てんすう》のやつ」

階段《かいだん》をかけおりていると、うしろから章吾《しょうご》が声《こえ》をかけてきた。体育《たいいく》は1組《くみ》と2組《くみ》の合同《ごうどう》授業《じゅぎょう》だ。章吾《しょうご》も、もう体操服《たいそうふく》に着替《きが》えている。

「章吾《しょうご》。今日《きょう》の100メートル、勝負《しょうぶ》だからな。今日《きょう》こそ、勝《か》てる気《き》がする」

「ったく。おまえはほんと、こりねーのな。負《ま》けつづきのくせに。そこだけは尊敬《そんけい》するぜ」

「おう、尊敬《そんけい》されてやるぜ！」

胸《むね》をはる大翔《ひろと》に、章吾《しょうご》はあきれたように、はあ、とため息《いき》を吐《つ》いた。

それから、きょろきょろとあたりを見《み》まわした。

まわりにはだれもいないが、それでも一《ひと》まわり小《ちい》さな声《こえ》で、いった。

「……体育《たいいく》が終《お》わったら、ちょっといいか？　話《はなし》がある」

いつも大翔《ひろと》をからかってるときとはちがう、深刻《しんこく》な声《こえ》だ。

「話《はなし》？　なんの話《はなし》？　いまでいいぜ？」

大翔《ひろと》はきょとんとして首《くび》をかしげた。

「ほかのやつらに聞《き》かれたくねえ。大事《だいじ》な話《はなし》だ」

章吾《しょうご》はますます声《こえ》をひそめた。

「……相談《そうだん》にのってほしいことがあるんだ」

「相談《そうだん》？　おっまえが？」

思《おも》わず声《こえ》を大《おお》きくした大翔《ひろと》に、しっ、と口《くち》の前《まえ》で指《ゆび》を立《た》てた。大翔《ひろと》は聞《き》いちゃいない。

「なんだよ。めっずらしいな！　おまえがそんなことというなんて、雨降《あめふ》るぜ！　雨《あめ》！」

ずいぶん打《う》ちとけたとはいえ、話《はな》しかけるのはたいてい大翔《ひろと》たちのほう。

章吾《しょうご》はいつもうるさそうにしていたのに。

「なんだよ相談《そうだん》ってえ。あれ？　あれあれぇ？　もしかして好《す》きな子《こ》とか？　章吾《しょうご》くん、恋《こい》の悩《なや》みとかぁ？」

「……うぜえ」

ついついテンションがあがってしまった大翔《ひろと》の腹《はら》を、章吾《しょうご》は軽《かる》くパンチする。……けっこうイタイ。

「ともかく、あとでな。まだ桜井《さくらい》や宮原《みやはら》たちにもいうなよ。おまえの考《かんが》えを聞《き》きたいんだ」

「告白《こくはく》しちゃえって、告白《こくはく》！」

「話《はなし》を聞《き》け！　ちげえっての！　……ったく」

舌打《したう》ちして走《はし》っていく章吾《しょうご》の背中《せなか》を、大翔《ひろと》はにやにやと笑《わら》って見送《みおく》った。

いったいいなんだろう？　あの章吾《しょうご》が、おれに相談《そうだん》だなんて。


……ちょっぴり、うれしかった。


章吾《しょうご》とは、何度《なんど》も一緒《いっしょ》にピンチをくぐり抜《ぬ》けてきた。けど、思《おも》いかえせば、いつも大翔《ひろと》のほうが助《たす》けられてばかりのような気《き》がする。

ライバルは対等《たいとう》だ。助《たす》けあってこそ、仲間《なかま》だろう。たまにはおれだって、章吾《しょうご》を助《たす》けなきゃな。

（よおしっ。まかせろ、章吾《しょうご》。その恋《こい》、実《みの》らせてやるからな！）

ガッツポーズをとって……とんちんかんな決意《けつい》をする大翔《ひろと》だった。

＊

「それではみなさん、お待《ま》ちかね！　本日《ほんじつ》のメインカードの時間《じかん》がやってまいりましたァ！」

6時間目《じかんめ》の校庭《こうてい》は、いつになく盛《も》りあがっていた。

大翔《ひろと》と章吾《しょうご》がスタートラインに立《た》つと、スターターのピストルをマイクみたいにかまえて、関本和也《せきもとかずや》がしゃべりたてた。

「恒例《こうれい》の、男《おとこ》と男《おとこ》の真剣勝負《しんけんしょうぶ》・イン・体育《たいいく》！　種目《しゅもく》は、ごぞんじ、100メートル走《そう》！　熾烈《しれつ》な競走《きょうそう》の頂点《ちょうてん》に立《た》つのは、2人《ふたり》のどちらだ！　さあ、ご一緒《いっしょ》に！」

どちらだー！　とみんながはやしたてる。お調子者《ちょうしもの》の和也《かずや》は、こういうことさせると水《みず》を得《え》た魚《うお》ってやつだ。

大翔《ひろと》はもくもくと準備運動《じゅんびうんどう》をした。屈伸《くっしん》をし、アキレス腱《けん》をのばす。

だいじょうぶ。ぜんぜん、おちついている。以前《いぜん》はみんなの声《こえ》にガチガチに緊張《きんちょう》してしまい、スタートで大《おお》きく出遅《でおく》れたりしていた。さすがになれた。

自信《じしん》がついたんだと思《おも》う。毎日《まいにち》の走《はし》りこみ……たゆまぬ練習《れんしゅう》からくる自信《じしん》。

それになにより……命《いのち》をかけた鬼《おに》ごっこから何度《なんど》も生還《せいかん》した、自分《じぶん》の力《ちから》への自信《じしん》。それが、大翔《ひろと》に平常心《へいじょうしん》を与《あた》えている。

(おれは、やれる)

「青《あお》コーナー、学力《がくりょく》テストトップ、女子人気《じょしにんき》1位《い》、だれもがうらやむ稀代《きたい》の天才《てんさい》・金谷章吾《かなやしょうご》！　赤《あか》コーナー、学力《がくりょく》テストはヤバイ、女子人気《じょしにんき》は『大場《おおば》くん？　うーん、ふつう……』、だがなぜか章吾《しょうご》のライバルといいはる大物《おおもの》、大場大翔《おおばひろと》！　さあ、勝《か》つのはどっちだ！　はったはったぁ！」

……和也《かずや》、ちょっと実況《じっきょう》ひどすぎじゃねえ……？

——当然《とうぜん》、本命《ほんめい》・章吾《しょうご》に1票《ぴょう》……と思《おも》ったけど大翔《ひろと》に1票《ぴょ》ぉ！　章吾《しょうご》、おまえもたまには負《ま》けろ！

——俺《おれ》も大翔《ひろと》に賭《か》けるぜ！　章吾《しょうご》よ、持《も》たざる者《もの》たちの声《こえ》を思《おも》い知《し》るがいい！

——大翔《ひろと》、勝《か》てよーっ！　凡人代表《ぼんじんだいひょう》の意地《いじ》を見《み》せてやるんだぁ！　給食《きゅうしょく》のプリンがおまえにかかってんだぞぉ！

――ひーろーとォ！　ひーろーとォ！

「おおっと、大翔《ひろと》コール！　大翔《ひろと》コールです！　天才《てんさい》・章吾選手《しょうごせんしゅ》へのみにくい嫉妬《しっと》と、凡人《ぼんじん》・大翔選手《ひろとせんしゅ》へのなんだかなな共感《きょうかん》が、いま一《ひと》つの渦《うず》となって、桜ケ島小《さくらがじましょう》の校庭《こうてい》にこだましているうぅ！」

ここまでうれしくない応援《おうえん》もねーだろ……大翔《ひろと》はがっくりと肩《かた》をおとした。

あのー、みんなー、盛《も》りあがってるところ悪《わる》いんだけど、はやくー……ゴール地点《ちてん》で体育《たいいく》の先生《せんせい》が手《て》をふっている。あたらしくはいってきたばかりの先生《せんせい》で、みんなのノリについていけないらしい。

「はいはーい！　それでは、位置《いち》についてぇ――」

和也《かずや》がピストルをかまえた。大翔《ひろと》は一《ひと》つ深呼吸《しんこきゅう》すると、クラウチングスタートのかまえをとった。横《よこ》で章吾《しょうご》もかまえた。2人《ふたり》でスタートラインにならんだ。

自分《じぶん》に集中《しゅうちゅう》。みんなのざわめきが、ふっと遠《とお》くなった。

（おれは、やれるんだ）

そう思《おも》う。

章吾《しょうご》は、そりゃすごい。天才《てんさい》かもしれない。

でも、おれだって成長《せいちょう》してる。少《すこ》しずつ差《さ》をちぢめてきた。いまじゃ互角《ごかく》のはずだ。

(今日《きょう》こそ、勝《か》ってやる)

負《ま》けっぱなしじゃいられない。

だって……ライバルなんだ。

パンッ

ピストルの音《おと》とともに、大翔《ひろと》は地面《じめん》を蹴《け》りだした。

最高《さいこう》のタイミングだった。これ以上《いじょう》ない、スタートをきれた。

弾丸《だんがん》のように、大翔《ひろと》は飛《と》びだした。章吾《しょうご》に先《さき》んじる。腿《もも》をひきあげ、足《あし》を前《まえ》にだす。

あっという間《ま》にトップスピードにはいった。

(いける！)

ほんのわずかなタイミングのかさねあわせが、奇跡《きせき》の歯車《はぐるま》みたいにすべてかみあう。ぐんぐんスピードに乗《の》る。最速《さいそく》タイム更新確実《こうしんかくじつ》。オリンピックでだって優勝《ゆうしょう》できる。

みんなの声援《せいえん》が耳《みみ》もとでひびく。はりわたされたゴールテープがみるみる近《ちか》づく。

足《あし》をふりあげ、ふり抜《ぬ》き、一直線《いっちょくせん》に前《まえ》へ。

(おれの勝《か》ちだ!)

そう思《おも》ったとき。

──ビュッ

となりのコースから、風《かぜ》が巻《ま》きあがった。

(え?)

章吾《しょうご》だった。

ぴたりと背中《せなか》についてきていた章吾《しょうご》が、大翔《ひろと》の真横《まよこ》にならんだのだ。

(くっ……)

抜《ぬ》かせてたまるか。大翔《ひろと》は足《あし》に力《ちから》をこめた。地面《じめん》を蹴《け》りつけ、足《あし》をふりあげる。トップスピードだ。過去最高《かこさいこう》の走《はし》りだ。これ以上速《いじょうはや》くなんてムリだ。大翔《ひろと》は全力《ぜんりょく》で足《あし》を動《うご》かしている。

……なのに、章吾《しょうご》のほうが速《はや》かった。

横《よこ》にならんだと思《おも》ったら、あっという間《ま》に背中《せなか》しか見《み》えなくなった。みるみる距離《きょり》をはなされていく。追《お》いつけない。大翔《ひろと》の全力《ぜんりょく》なんて、まるで相手《あいて》にならない。

だれかの声《こえ》を思《おも》いだした。

——俺《おれ》たちとは、できそのものがちがうんだよな。

章吾《しょうご》がゴールテープをきった。ややおくれて、大翔《ひろと》もゴールした。これまでのベストタイムだった。でも達成感《たっせいかん》なんてなかった。

大翔《ひろと》は地面《じめん》にへたりこみ、あがった息《いき》をととのえた。章吾《しょうご》は息《いき》も弾《はず》ませず、軽《かる》くストレッチしている。

ああ、だめだったかぁ……みんながざわめく声《こえ》が聞《き》こえる。

そのざわめきに交《ま》じって……声《こえ》は聞《き》こえた。

『……なんだ。たいしたことないな。章吾《しょうご》のライバルとかいうから、期待《きたい》して損《そん》したじゃないか』

バカにするような声音《こわね》だった。

大翔《ひろと》は力《ちから》なく、あたりを見《み》まわした。

走《はし》りおえた生徒《せいと》たちが、好《す》き勝手《かって》にしゃべくっている。

『かんちがいしてたみたいだね、大翔《ひろと》。章吾《しょうご》は、キミなんかとはレベルがちがうんだ。キミは実力《じつりょく》の差《さ》すら見《み》えていない、ただの愚《おろ》か者《もの》だ。キミ程度《ていど》が章吾《しょうご》のライバルをなのるなんて……身《み》のほどを知《し》ったほうがいいよ』

がつんときた。

ストレートで痛烈《つうれつ》な言葉《ことば》に、大翔《ひろと》は、なにもいいかえせなかった。

うつむいて、地面《じめん》を見《み》つめた。

……急《きゅう》に、恥《は》ずかしくなってきた。

声《こえ》のいうとおりだ。全力《ぜんりょく》でがんばったのに、まるでかなわなかった。

おれなんかが章吾《しょうご》のライバルになれるだなんて、思《おも》いあがりだったのかもしれない。レベルそのものがちがう。

みんなは、ずっと前《まえ》からそのことがわかってた。だから、だれも章吾《しょうご》と勝負《しょうぶ》しなかった。

なのに、おれ1人《ひとり》だけ、気《き》づいてなかったんだ……。


「へへ、大翔《ひろと》。これでおまえ何連敗《なんれんぱい》か、覚《おぼ》えてるかよ？」

と、章吾《しょうご》が声《こえ》をかけてきた。

ぼうぜんと座《すわ》りこんだ大翔《ひろと》を見《み》おろし、にやりと笑《わら》いかける。

「ま、でもいまの走《はし》りは、なかなかだったけどな。まだまだ俺《おれ》には、およばないぜ。つぎの勝負《しょうぶ》が楽《たの》しみだな？　ライバルさんよ」

いたずらっぽくにやにや笑《わら》って……うつむいたままの大翔《ひろと》を見《み》やると、不思議《ふしぎ》そうに首《くび》をかしげた。

「……どうした？　かみついてこないのかよ」

大翔《ひろと》は、ふうっと息《いき》を吐《つ》いた。

章吾《しょうご》を見《み》あげ、力《ちから》なく笑《え》みをうかべた。

「おまえ、すげーな……」

「…………」

こんどは章吾《しょうご》がだまりこんだ。

「一世一代《いっせいちだい》の走《はし》りだったんだけどな。こんな走《はし》り、もうできねえってくらいの。なのに、ぜんぜん、かなわなかった」

「いや……そんなことないぜ？」

章吾《しょうご》はぶんぶんと首《くび》をふった。

「すげえ走《はし》りだった。俺《おれ》、負《ま》けた、と思《おも》ったんだ。だから、俺《おれ》、本気《ほんき》で、」

「みんなのいってること、わかった。おまえはやっぱ、おれらとはものがちがう。……〝天才《てんさい》〟なんだな」

「…………」

そのとき章吾《しょうご》がどんな顔《かお》をしたのか、大翔《ひろと》は見《み》なかった。うつむいてしまったから。

章吾《しょうご》は一瞬《いっしゅん》、ひどく傷《きず》ついたような顔《かお》をした。

それから、ぼそりとつぶやいた。

「……なにしやがった」

声《こえ》に、怒気《どき》がにじんでいる。

「まわりのやつらに手《て》だしすんなって、俺《おれ》、いったぞ」

『約束《やくそく》やぶったりしないよ。章吾《しょうご》にきらわれたくないもの』

さっきの声《こえ》がこたえた。

『現実《げんじつ》ってやつを教《おし》えてやっただけさ。むしろ感謝《かんしゃ》してほしいくらいだよ。……おいらからすると、章吾《しょうご》がこんなやつとつきあっているほうがフシギだけどな。章吾《しょうご》はもっとレベルの高《たか》いやつとつきあうべきなのに』
「だまれ」
『こんなやつに打《う》ちあけたって、どうしようもないと思《おも》うよ？　やつらを退《しりぞ》ける助《たす》けにはならない。足手《あしで》まといになるだけだ』
「だまれ。消《き》えろ」

——いったい、章吾《しょうご》はだれとしゃべってる？

大翔《ひろと》はあたりを見《み》まわした。
あたりにはたくさんの生徒《せいと》たちがいる。みんなそれぞれ、バカ話《ばなし》をしている。とてもこんな手《て》ひどいことをいうようには見《み》えない。
声《こえ》の主《ぬし》がわからない。すぐ近《ちか》くから聞《き》こえているような気《き》がするのに。

——おい、章吾《しょうご》。だれとしゃべってるんだ？

大翔《ひろと》が口《くち》を開《ひら》こうとした瞬間《しゅんかん》、章吾《しょうご》はいつもの顔《かお》にもどった。

ったく、と肩《かた》をすくめた。大翔《ひろと》を見《み》おろして、にやりと笑《わら》ってみせる。

「ようやく気《き》づいたかよ、大翔《ひろと》。素材《そざい》の差《さ》ってやつに。おせえぞ」

いつもどおりのいいぶりだった。ぼうぜんと見《み》あげる大翔《ひろと》に、くるりと背《せ》をむける。

質問《しつもん》はなしだ、って背中《せなか》がいってる。

「章吾《しょうご》」

思《おも》わず、大翔《ひろと》は呼《よ》びとめた。

なにをいったらいいか、わからない。口《くち》をついてでた。

「……話《はなし》って、なんだ？」

「ん？」

「相談《そうだん》って、なんだ？」

「……ああ。いや。そうだったな。……まあ、たいしたことじゃないんだけど」

章吾《しょうご》は肩《かた》をすくめて、笑《わら》ってみせた。

「おまえのいってたとおり、ちょっとした恋《こい》の悩《なや》みってやつだよ。ま、こんどな」

――そんなはずないだろ。

大翔《ひろと》はいいかけた。

嘘《うそ》つくなよ。もっと、大事《だいじ》なことだったはずだ。

プライド高《たか》いおまえが、おれをたよろうってくらいに、真剣《しんけん》なことだったはずだ。そんな、へらへら笑《わら》うようなことじゃなかったはずだろ。

でも、大翔《ひろと》はそれ以上《いじょう》、訊《き》けなかった。見《み》おろす章吾《しょうご》の視線《しせん》に、そのまま口《くち》を閉《と》じた。

章吾《しょうご》の目《め》がいってる気《き》がした。――おまえ程度《ていど》に相談《そうだん》して、なんになる。

パタン、とどこかで扉《とびら》の閉《し》まる音《おと》が聞《き》こえた。

校舎《こうしゃ》のどこかで、だれかが立《た》てた音《おと》。

それが章吾《しょうご》の心《こころ》の扉《とびら》の閉《し》まる音《おと》だったことに、大翔《ひろと》はまだ、気《き》づかなかった。

2 章吾《しょうご》の悩《なや》み

1

「金谷《かなや》くんの様子《ようす》がおかしい？　どういうこと？」

「うまくいえないんだけどさ……」

大翔《ひろと》が口《くち》ごもると、悠《ゆう》はハンドボールを手《て》のなかでころがしながら、首《くび》をひねった。

それから、やあっ、とボールを投《な》げる。わずか数《すう》メートルで、ぽすんとおちた。記録《きろく》は最低《さいてい》レベルだが、本人《ほんにん》は、思《おも》ったより飛《と》んだかな、と満足《まんぞく》そうにうなずいている。

学力《がくりょく》テストが終《お》わって数日《すうじつ》すると、すぐにスポーツテストがある。学校《がっこう》ってやつはどうしてこう、子供《こども》をテストしたがるんだろうか。

握力《あくりょく》、立《た》ち幅跳《はばと》び、ハンドボール投《な》げ。持久走《じきゅうそう》、シャトルラン、50メートル走《そう》。

校庭《こうてい》の各所《かくしょ》に記録場《きろくじょう》が設《もう》けられ、自由《じゆう》にまわって測定《そくてい》していく。大翔《ひろと》は悠《ゆう》と一緒《いっしょ》に、ぶらぶらとまわっているところだった。

「あれ？　大場《おおば》くん。今日《きょう》も金谷《かなや》くんと勝負《しょうぶ》しないの？」

とおりかかった伊藤孝司《いとうこうじ》が声《こえ》をかけた。

細《ほそ》いフレームのメガネ。不思議《ふしぎ》そうに首《くび》をかしげて、問《と》いかける。

「いつもしてたのに。ここんとこ、どうしたの？　具合《ぐあい》でも悪《わる》いの？」

「なんだよ、大翔《ひろと》。またサボリか？　なにしてんだよ」

一緒《いっしょ》にいた関本和也《せきもとかずや》が、やれやれ、と唇《くちびる》をとがらせた。この2人《ふたり》は仲《なか》よしで、いつも一緒《いっしょ》にいる。

「章吾《しょうご》は、握力《あくりょく》の列《れつ》、ならんでるぞ。さっさといけよ。おまえが勝負《しょうぶ》しないと、賭《か》けが盛《も》りあがんねーじゃんか」

不満《ふまん》そうにいう。

すると、近《ちか》くにいたほかの男子《だんし》たちも、くちぐちに、

「なんかここんとこものたりないと思《おも》ったら、大翔《ひろと》のやつが勝負《しょうぶ》してないからか」

「体育《たいいく》の恒例行事《こうれいぎょうじ》をサボるとはなにごとだ、大翔《ひろと》。けしからん」

「おまえが挑《いど》まなくちゃ、だれが章吾《しょうご》に挑《いど》むんだ。ほかにそんなことするバカ、いないんだぞ」

めちゃくちゃいってくる。

「……なんだよ、みんな。いうことちがうじゃないか」

みんながいってしまうと、大翔《ひろと》はフンッと鼻息《はないき》を荒《あら》らげた。

「いつもはおれのこと、章吾《しょうご》にかなうわけないだろって、からかってたくせに」

「みんな、悔《くや》しいんだよ」

怒《おこ》る大翔《ひろと》をなだめるように、悠《ゆう》がいう。

「悔《くや》しい？　なんでだよ？」

「みんな、いってたもん。金谷《かなや》くんにかなうわけないけど……唯一《ゆいいつ》かなう可能性《かのうせい》があるとしたら、それはヒロトしかいないって、さ」

「……聞《き》いたことねえぞ、そんなの」

「そりゃ、いわないよ。面《めん》とむかっては」

目《め》をぱちぱちさせた大翔《ひろと》に、悠《ゆう》は、にやっと笑《わら》って親指《おやゆび》を立《た》ててみせた。

「男同士《おとこどうし》だもん」

おちこんでいた気分《きぶん》が、少《すこ》しだけ晴《は》れた。やっぱり持《も》つべきものは、親友《しんゆう》だ。

大翔《ひろと》はハンドボールをとると、ふりかぶって投《な》げた。ぽおんと高《たか》く飛《と》んでいく。記録《きろく》はなかなかだった。

「さっきの話《はなし》だけどさ」

2人《ふたり》で校庭《こうてい》を移動《いどう》しながら、悠《ゆう》が口《くち》を開《ひら》いた。

「たしかに、このところの金谷《かなや》くん……ちょっとヘンな気《き》がする」

大翔《ひろと》は足《あし》を止《と》めた。

「やっぱり、そう思《おも》うか？」

章吾《しょうご》のつきあいが悪《わる》いのは、なにもいまにはじまったことじゃない。以前《いぜん》から、学校《がっこう》のなかならまだしも、放課後《ほうかご》はちっとも遊《あそ》びのさそいにのってこなかった。いつも、塾《じゅく》があるって断《ことわ》られていた。

でもこのところは、つきあいが悪《わる》いどころじゃない。放課後《ほうかご》だけじゃなく、学校《がっこう》にいるときでも、よそよそしい。さけられている気《き》がするのだ。

「そういえば、金谷《かなや》くん、塾《じゅく》なんていってないと思《おも》うよ？」

悠《ゆう》の言葉《ことば》に、大翔《ひろと》はきょとんとした。

「以前《いぜん》、アオイと話《はな》してたんだ。ほら、アオイのお父《とう》さんとお母《かあ》さん、塾《じゅく》の先生《せんせい》じゃない？　金谷《かなや》なんて子《こ》、いないって。ほかの塾《じゅく》に通《かよ》ってる子《こ》たちも、だれも金谷《かなや》くんを見《み》たことないっていうんだ。このあたりの塾《じゅく》に通《かよ》ってて、だれも見《み》たことないなんてないもの」

（じゃあ、章吾《しょうご》は嘘《うそ》をついてたってことかよ）

大翔《ひろと》はうつむいた。

大翔《ひろと》たちと遊《あそ》ぶのを断《ことわ》るために、あいつ、わざわざ毎回《まいかい》、嘘《うそ》ついてたってことか。

……なんだか、ひどくさびしくなった。

なんだよ。いやならいやって、いえばいいじゃないか。

友《とも》だちだと思《おも》ってたのは、おれのほうだけだったのか。

と、ざわめきが巻《ま》きおこった。

2人《ふたり》はふりかえった。

いつの間《ま》にか、みんなが校庭《こうてい》のすみに集《あつ》まっていた。

輪《わ》の中心《ちゅうしん》にいるのは、章吾《しょうご》だ。章吾《しょうご》のにぎった握力計《あくりょくけい》の針《はり》を見《み》た子《こ》が、すげえすげえと騒《さわ》いでいる。どうやら、また新記録《しんきろく》をだしたらしい。

このスポーツテストの時間《じかん》、章吾《しょうご》はすべての測定《そくてい》で、学年《がくねん》トップの記録《きろく》をたたきだしていた。

いや、学年《がくねん》どころの話《はなし》じゃない。全国《ぜんこく》でもトップクラス――それこそ、有名《ゆうめい》なスポーツ校《こう》が勢《いきお》いこんでスカウトにくるような記録《きろく》だ。

「前《まえ》からすごいけど、金谷《かなや》くん……ここんとこ、さらにすごくなったよね……」

悠《ゆう》の言葉《ことば》に、大翔《ひろと》はうなずくしかない。先日《せんじつ》の100メートル走《そう》以来《いらい》、大翔《ひろと》はどんどん章吾《しょうご》の背中《せなか》が遠《とお》くなっていくのを感《かん》じる。

また挑《いど》めよ……みんなは簡単《かんたん》にいうけれど、ムリだ。大翔《ひろと》なんかじゃ、とてもかなわない。大翔《ひろと》はスポーツテストの時間《じかん》、章吾《しょうご》とちがう種目《しゅもく》ばかり選《えら》んでまわっていた。

「でも、ぼく、なんだか……いやな予感《よかん》がするんだ」

章吾《しょうご》を見《み》つめながら、悠《ゆう》がぽつりとつぶやいた。

「……いやな予感《よかん》？」

「このごろの金谷《かなや》くんを見《み》てると、なんだか……怖《こわ》いんだよ」

大翔《ひろと》は、じっと章吾《しょうご》を見《み》つめた。

章吾《しょうご》は、ひどくつまらなそうな顔《かお》をしていた。まわりで歓声《かんせい》をあげるみんなのことなんて、まるで見《み》ていない。心《こころ》ここにあらずといった風《ふう》だ。

こんどは左手《ひだりて》で握力計《あくりょくけい》をつかんだ。

ぐっ、とにぎる。

――メキッ

一瞬《いっしゅん》で針《はり》がふりきれた。

――メキメキメキメキッ、バキッ

握力計《あくりょくけい》が――へし折《お》れた。

こわれて地面《じめん》にころがった。

みんな、ぽかんと口《くち》を開《あ》けて言葉《ことば》がでない。

それから、わっとわいた。すげえ、とんでもねえ、と声《こえ》をそろえる。

計器《けいき》が古《ふる》くなって劣化《れっか》してたんですね……先生《せんせい》が笑《わら》ったが、だれも聞《き》いていない。みんな、わあわあとはやしたてている。

……でも、けっして章吾《しょうご》に近《ちか》づかない。

大翔《ひろと》は、輪《わ》っかができているのに気《き》づいた。

章吾《しょうご》を中心《ちゅうしん》にして、子供《こども》たちがくるりとまわりをとりまいた輪《わ》っかだ。みんな章吾《しょうご》をたたえているのに、だれも章吾《しょうご》に近寄《ちかよ》らない。ふれようとしない。

章吾《しょうご》は輪《わ》っかの中心《ちゅうしん》で、みんなから等分《とうぶん》に距離《きょり》をあけられ、1人《ひとり》でぽつんとたたずんでいる。まるで仲間《なかま》はずれにされて、途方《とほう》に暮《く》れてるみたいに。

〝孤高《ここう》の天才《てんさい》〟。

大翔《ひろと》は、しばらく呼《よ》ばれていなかった章吾《しょうご》のあだ名《な》を思《おも》いだした。

だれもふれられない、ひとりぼっちの天才《てんさい》。

「――よし」

と大翔《ひろと》は声《こえ》をだした。

となりの悠《ゆう》に、うなずきかける。

「章吾《しょうご》を尾《つ》けてやろうぜ。放課後《ほうかご》」

「へ？　なに、ヒロト。とつぜん」

悠《ゆう》が目《め》をまたたく。

「だってさぁ。嘘《うそ》つかれてたなんて、腹立《はらた》つじゃんか。せっかく遊《あそ》びにさそってやってたのにさぁ」

大翔《ひろと》はフンッと鼻《はな》から息《いき》を吐《は》き、唇《くちびる》をとがらせた。

「しかえししてやるんだよ。塾《じゅく》にいってんのが嘘《うそ》だっててんなら、なにしてんのか、あばきだしてやろうぜ。きっと、なぁんか、人《ひと》にいえないことしてんだ。本屋《ほんや》でエッチな本《ほん》あさりとか。……ふっふっふ」

「……まったく。ヒロトってば……」

悠《ゆう》はこまったような目《め》で大翔《ひろと》を見《み》た。口《くち》もとは笑《わら》っていた。

「秘密《ひみつ》あばいて、みんなにバラしてまわってやるぜ。へっ。対決《たいけつ》負《ま》けた、腹《はら》いせだもんね」

「ヒロト、小《ちい》さい。人《ひと》として器《うつわ》が小《ちい》さい」

「バラされたときの章吾《しょうご》の反応《はんのう》、きっとおもしろいぜぇ。けっけっけ」

「悪人《あくにん》。ヒロト悪人《あくにん》。……でも、ほんというと、ぼくもキョーミある。あの金谷《かなや》くんの、あわてるところとか。ふっふっふ」

2人《ふたり》は悪《わる》い顔《かお》でうなずきあった。おまえら、なにやってんの……？　とクラスメイトがあきれ顔《がお》でとおりすぎていった。

「……なにが孤高《ここう》の天才《てんさい》だ。そんなカッコいいあだ名《な》、やるもんか」

大翔《ひろと》はにやっと笑《わら》った。

あいつなんか、おれたちの友《とも》だちの……ただの〝バカ章吾《しょうご》〟で十分《じゅうぶん》だ。

2

「金谷《かなや》くんのあとを尾《つ》けて、本当《ほんとう》はなにをしてるかあばく？　……そういうの、あたし、感心《かんしん》しないわ」

大翔《ひろと》たちの計画《けいかく》を聞《き》いた葵《あおい》は、あきれたような声《こえ》をだした。

「人《ひと》にはそれぞれ、事情《じじょう》っていうものがあるのよ。尾行《びこう》して、他人《たにん》のプライバシーを侵害《しんがい》するなんて……とても感心《かんしん》できることじゃないわね」

優等生《ゆうとうせい》、ここに極《きわ》まれり、って感《かん》じだ。

「まあ、世《よ》の中《なか》には、もっと感心《かんしん》しないこともあるけどね」

「……それは、なんだよ？」

「悩《なや》んでる友《とも》だちをほうっておくことにきまってるでしょ。たしかに金谷《かなや》くん、このごろ様子《ようす》がおかしいものね。いいわ、あばいちゃいましょ、本当《ほんとう》はなにしてるか。……学年《がくねん》トップをうばわれた恨《うら》みもあるしね」

……後半《こうはん》が本音《ほんね》か。優等生《ゆうとうせい》の恨《うら》みを買《か》うと、怖《こわ》いのだ。

放課後《ほうかご》。

章吾《しょうご》が校門《こうもん》をでていくと、大翔《ひろと》、悠《ゆう》、葵《あおい》は、かくれていた植《う》えこみの陰《かげ》から飛《と》びだした。

「ふふ。ぼくらも、だいぶ上達《じょうたつ》したよね、尾行《びこう》。荒井先生《あらいせんせい》のときとくらべてさ」

頭《あたま》を低《ひく》くして電柱《でんちゅう》の陰《かげ》へすべりこみながら、満足《まんぞく》そうに悠《ゆう》がいう。小学生《しょうがくせい》が尾行《びこう》を上達《じょうたつ》させてどうするんだって話《はなし》は、この際忘《さいわす》れることにする。

「あ、荒井先生《あらいせんせい》といえば、昨日《きのう》、ハガキがとどいてたぜ。もうすぐ一度《いちど》、桜ヶ島《さくらがじま》に帰《かえ》ってくるってさ」

「「ホント?」」

悠《ゆう》と葵《あおい》は声《こえ》をそろえた。しぃーっ、と大翔《ひろと》は口《くち》の前《まえ》に指《ゆび》を立《た》てた。

荒井先生《あらいせんせい》は、以前桜ヶ島小《いぜんさくらがじましょう》にいた、男子体育《だんしたいいく》の臨時講師《りんじこうし》の先生《せんせい》だ。本当《ほんとう》は荒木先生《あらきせんせい》といって、前《まえ》の前《まえ》の男子体育《だんしたいいく》の先生《せんせい》だったりもしたのだが(……そこらへんの事情《じじょう》は語《かた》ると長《なが》くなるので、『とざされた地獄小学校《じごくしょうがっこう》』『いつわりの地獄祭《じごくまつ》り』を読《よ》んでほしい)。

桜ヶ島《さくらがじま》の街《まち》から去《さ》ったあとも、ときどき、手紙《てがみ》で近況《きんきょう》を知《し》らせてくれていたのだ。消印《けしいん》は、北海道《ほっかいどう》だったり、沖縄《おきなわ》だったり、どこか聞《き》いたこともない国《くに》だったり、いろいろだった。

荒井先生《あらいせんせい》は、〝ある方法《ほうほう》〟をさがして、全国《ぜんこく》を旅《たび》してまわっているのだ。

帰《かえ》ってきたら、話《はな》したいことがたくさんあった。

「元気《げんき》にしてるかなあ、荒井先生《あらいせんせい》。また一緒《いっしょ》にゴハン食《た》べたいねぇ」

「先生《せんせい》、めちゃくちゃ食《た》べるのよねえ……」

なつかしい荒井先生《あらいせんせい》の話題《わだい》に、悠《ゆう》も葵《あおい》も、尾行中《びこうちゅう》だということがすっかり頭《あたま》から抜《ぬ》けてしまったみたいだ。小声《こごえ》でぺちゃくちゃしゃべりながら歩《ある》いていく。まあ、へたにこそこそかくれているより、このくらいのほうが、通学路《つうがくろ》では目立《めだ》たないだろう。

陽《ひ》は西《にし》の空《そら》におちかけている。

低《ひく》くなった夕暮《ゆうぐ》れの太陽《たいよう》が、地面《じめん》にいろいろな影《かげ》を描《えが》きだしている。

家々《いえいえ》の影《かげ》。帰宅《きたく》するほかの子供《こども》たちの影《かげ》。大翔《ひろと》たちの影《かげ》。章吾《しょうご》の影《かげ》。

章吾《しょうご》はまがり角《かど》を折《お》れた。

「あれ？　金谷《かなや》くんの家《いえ》、あっちだっけ？」

「ちがうはずよ。あっちにいくと、学区《がっく》が変《か》わるもの」

3人《にん》はうなずきあった。ここからが本番《ほんばん》だ。距離《きょり》をとって、章吾《しょうご》のあとを追《お》う。

章吾《しょうご》は、迷《まよ》いのない足《あし》どりで道《みち》を進《すす》んでいった。きなれているって感《かん》じだ。

「塾《じゅく》っていうのは、やっぱり嘘《うそ》みたいね。こっちのほうに塾《じゅく》はないもの」

声《こえ》をひそめて、葵《あおい》がいった。

「あるのは、喫茶店《きっさてん》が何軒《なんげん》か。あとは美容院《びよういん》と、本屋《ほんや》さんってところね。あとは……病院《びょういん》があったかしら」

「病院《びょういん》？」

「桜ヶ島総合病院《さくらがじまそうごうびょういん》よ。うちの街《まち》で一番大《いちばんおお》きな病院《びょういん》」

いったい、どこへいくんだろう？　3人《にん》は距離《きょり》をおき、歩《ある》いていく章吾《しょうご》のあとを追《お》った。

喫茶店《きっさてん》。美容院《びよういん》。本屋《ほんや》。章吾《しょうご》は全部《ぜんぶ》とおりすぎ、道《みち》を折《お》れた。

3人《にん》が追《お》って角《かど》をまがると、その道《みち》には、ざわざわと人《ひと》が行《い》き交《か》っていた。なんだか緊《きん》迫《ぱく》した空気《くうき》がただよっている。

桜ヶ島総合病院《さくらがじまそうごうびょういん》の、駐車場《ちゅうしゃじょう》に面《めん》した道路《どうろ》だった。入《い》り口《ぐち》に救急車《きゅうきゅうしゃ》が停《と》まって、回転灯《かいてんとう》がくるくると光《ひか》っている。

「——急患《きゅうかん》みたいね」

葵《あおい》がいった。立《た》ち働《はたら》く救急隊員《きゅうきゅうたいいん》に、とりまく大人《おとな》たち。病院《びょういん》のほうから医者《いしゃ》と看護師《かんごし》が飛《と》びだしてきて、いそいで、とさけんでいる。こちらにまで緊張《きんちょう》が伝《つた》わってきた。

気《き》づけば、章吾《しょうご》の姿《すがた》は見《み》えなくなっていた。人《ひと》ごみにまぎれてしまったのかもしれない。

あたりを見《み》まわしていて……大翔《ひろと》は、妙《みょう》な人影《ひとかげ》を見《み》つけた。

救急車《きゅうきゅうしゃ》のすぐ脇《わき》だ。閉《と》じたハッチのかたわらに、じっとたたずんでいる。

おかしな格好《かっこう》をしていた。真《ま》っ黒《くろ》なローブで、頭《あたま》からすっぽりと全身《ぜんしん》をおおいかくしているのだ。血相《けっそう》を変《か》えて動《うご》きまわる医者《いしゃ》や救急隊員《きゅうきゅうたいいん》たちをよそに、そいつは身動《みうご》き一《ひと》つしない。

「なあ、あれも病院《びょういん》の人《ひと》なのかな?」

大翔《ひろと》は人影《ひとかげ》に顔《かお》をむけていった。葵《あおい》は首《くび》をふった。

「病院関係《びょういんかんけい》の人《ひと》は、あんな真《ま》っ黒《くろ》の服《ふく》を着《き》たりしないわ。葬式《そうしき》を連想《れんそう》させるから」

「……気《き》をつけて。あれ、たぶん、ぼくら以外《いがい》には見《み》えてないよ」

声《こえ》をひそめて、悠《ゆう》がつぶやいた。

たしかに、まわりの大人《おとな》たちは、だれ1人《ひとり》あの黒《くろ》ローブの人影《ひとかげ》を見《み》ていないようだ。

「……人《ひと》がこんなにいて、だれもあれに注目《ちゅうもく》しないなんて、おかしいよ。たぶん、この世《よ》の存在《そんざい》じゃないんだ。ぼくらも、あまり見《み》ないほうがいい」

ひそひそと話《はな》しあう大翔《ひろと》たちをよそに、救急隊員《きゅうきゅうたいいん》たちはいそがしく立《た》ち働《はたら》いている。救《きゅう》急車《きゅうしゃ》のハッチを開《あ》けて、なかから担架《たんか》をひきだした。

担架《たんか》の上《うえ》には、大人《おとな》の男《おとこ》の人《ひと》が横《よこ》になっていた。悠《ゆう》と葵《あおい》が目《め》をそらす。男《おとこ》の人《ひと》は、全身《ぜんしん》血《ち》だらけだった。救急隊員《きゅうきゅうたいいん》たちが、足早《あしばや》に担架《たんか》を病院《びょういん》へ運《はこ》んでいく。

見《み》ていた大翔《ひろと》は、はっと息《いき》をのんだ。

じっとたたずんでいた黒《くろ》ローブの人影《ひとかげ》が……動《うご》いたのだ。

担架《たんか》に乗《の》せられた男《おとこ》の脇《わき》に、すべるようにぴたりとついていく。苦《くる》しげに息《いき》を吐《は》く男《おとこ》を、じいっと見《み》つめている。

ローブから手《て》をだした。そいつの手《て》は——骨《ほね》だった。

運《はこ》ばれる男《おとこ》の左胸《ひだりむね》に、骨《ほね》の手《て》を乗《の》せた。医者《いしゃ》や救急隊員《きゅうきゅうたいいん》は、気《き》にするそぶりも見《み》せない。

やっぱり、見《み》えていないのだ。

黒《くろ》ローブの手《て》が、男《おとこ》の胸《むね》に——ズブリとしずみこんだ。手《て》がひっぱりあがると、そこには意外《いがい》なものが載《の》せられていた。

ロウソクだった。黒《くろ》い燭台《しょくだい》に載《の》ったロウソクが1本《ぽん》、黒《くろ》ローブの人影《ひとかげ》の手《て》の上《うえ》で、小《ちい》さな火《ひ》をゆらめかせている。

黒《くろ》ローブはロウソクに顔《かお》を寄《よ》せると……フッ、と息《いき》を吹《ふ》きかけた。

ロウソクの火《ひ》は、ゆらりとゆらめき……消《き》えた。

(あいつ、なにをしてるんだ……?)

大翔《ひろと》はもっとよく見《み》ようと、野次馬《やじうま》のあいだから身《み》を乗《の》りだした。

と、黒《くろ》ローブが、気《き》づいたように顔《かお》をあげ、大翔《ひろと》のほうをむいた。

大翔《ひろと》は息《いき》をのんだ。

顔《かお》がなかったのだ。黒《くろ》ローブの顔《かお》のあるべき部分《ぶぶん》には、闇《やみ》がひろがっている。

つぎの瞬間《しゅんかん》、大翔《ひろと》の目《め》の前《まえ》に、黒《くろ》ローブが立《た》っていた。

——∇€&　¶Φ　Θ§Ξ　£？

声《こえ》がひびいた。底《そこ》なしの闇《やみ》のような顔《かお》から。
いままで聞《き》いたどんな音《おと》ともちがう、恐《おそ》ろしく暗《くら》い声《こえ》だ。まわりの人々《ひとびと》のざわめきが、百万光年《ひゃくまんこうねん》も遠《とお》くなる。
大翔《ひろと》は息《いき》をすったが、声《こえ》もでない。

——∇€&　¶Φ　Θ§Ξ　£？　∂ЖЗ　£？

声《こえ》はいった。

——ヨ☞　∇€&　¶Φ　Θ§Ξ　£？　¶Φ　∀♥？　……ΨES／ЙO？

なにをいっているか、まるでわからない。

いつの間《ま》にか、大翔《ひろと》は鳥《とり》のように空《そら》の上《うえ》から、桜ヶ島総合病院《さくらがじまそうごうびょういん》の一帯《いったい》を見《み》おろしていた。

H《エイチ》の字形《じがた》の白《しろ》い箱《はこ》のような建物《たてもの》が見《み》えた。病院《びょういん》の建物《たてもの》だろう。

そのなかのいたるところに、赤々《あかあか》と灯《とも》っているものが見《み》えた。――ロウソクの火《ひ》だ。

何十《なんじゅう》、何百本《なんびゃっぽん》ものロウソクが、病院《びょういん》のなかにうかんでいる。すぐに燃《も》えつきそうなみじかいものから、まだまだもちそうな長《なが》いものまで。

さらに視界《しかい》があがった。桜《さくら》ヶ島《がじま》の街全体《まちぜんたい》が見《み》えた。何千《なんぜん》、何万本《なんまんぼん》ものロウソクの火《ひ》が灯《とも》っている。もっとあがった。日本列島《にほんれっとう》が、地球《ちきゅう》そのものが見《み》えた。無数《むすう》のロウソクの火《ひ》がゆらめいている。

視界《しかい》がさがっていった。

桜ヶ島総合病院《さくらがじまそうごうびょういん》の駐車場《ちゅうしゃじょう》の前《まえ》に、大翔《ひろと》は自分《じぶん》の姿《すがた》を見《み》つけた。

立《た》ちつくした自分《じぶん》の胸《むね》の前《まえ》に、1本《ぽん》のロウソクがうかんでいる。

黒《くろ》ローブが、そのロウソクを指《ゆび》さしていった。

――¶Φ　∀♥？　ΨES／ЙO？

黒《くろ》ローブの吐《は》く息《いき》に、ちろり、と大翔《ひろと》のロウソクの火《ひ》がゆらめく。

——¶Φ　∀♥？　¶Ψ　☠？

黒《くろ》ローブは訊《き》く。

——¶Φ　∀♥？　¶Ψ　☠？　¶Ψ　☠？　ΨES／ЙO？

まくしたてるように訊《き》く。大翔《ひろと》ののどはからからに干《ひ》あがった。

——¶Φ∀♥!?　ΨES／ЙO？　∀♥☺「Θ§Ξ£「∂ЖЗ£！　¶Φ☻？　¶Φ「

S　☻☻☻!!　☻¶Φ☠☠☠☠☠☠☠☠☠☠☠☠☠☠☠！

「Y《イ》E《エ》S《ス》だ！　Y《イ》E《エ》S《ス》、Y《イ》E《エ》S《ス》、Y《イ》E《エ》S《ス》ッ！」


ほとんどやけくそで、大翔《ひろと》はさけんだ。

とたん、視界《しかい》がもとにもどった。音《おと》ももどった。

ざわざわとさっきと同《おな》じざわめきが、あたりを満《み》たしている。

「……ヒロト？　ねえ、ヒロトってば」

黒《くろ》ローブの姿《すがた》はなくなっていた。

代《か》わりに悠《ゆう》が、ゆさゆさと大翔《ひろと》の肩《かた》をゆすっている。

「どうしたの？　ぼうっとして。だいじょうぶ？」

「まあ、ショッキングな場面《ばめん》だったものね……。あの人《ひと》のご冥福《めいふく》を祈《いの》りましょ……」

葵《あおい》が担架《たんか》のほうへむけて、神妙《しんみょう》に合掌《がっしょう》した。

それで、大翔《ひろと》は気《き》づいた。担架《たんか》の男《おとこ》の人《ひと》は、亡《な》くなっていたのだ。容体《ようだい》が急変《きゅうへん》し、医者《いしゃ》が心臓《しんぞう》マッサージをしたが、どうにもならなかったらしい。

（ロウソクの火《ひ》を、吹《ふ》き消《け》されたからだ……）

大翔《ひろと》の背筋《せすじ》を、ぶるりと冷《つめ》たいふるえが走《はし》った。

(あのロウソクの火《ひ》は、命《いのち》そのものなんだ……)

その、人《ひと》の命《いのち》の火《ひ》を、吹《ふ》き消《け》すあいつ。

あいつは、いったい……。


「――こんなとこで、なにしてるんだ？　おまえら」

考《かんが》えていると、とつぜん、うしろから声《こえ》をかけられた。

3人《にん》はびくっとしてふりむいた。

章吾《しょうご》が立《た》っていた。コートのポケットに両手《りょうて》をつっこんで、首《くび》をかしげて大翔《ひろと》たちを見《み》ている。そうだ、章吾《しょうご》の尾行《びこう》をしてたんだっけ……。完全《かんぜん》に抜《ぬ》けてしまっていた。

「病院《びょういん》に用《よう》か？　ケガか、病気《びょうき》でもしたか？」

「あ、いや……」

3人《にん》はこまり、なんていおう？　とたがいにたがいの顔《かお》を見《み》る。

章吾《しょうご》はにやりと笑《わら》って、

「それとも……俺《おれ》を尾行《びこう》でもしてたか？」

「…………」

ぼうぜんとする3人《にん》に、肩《かた》をすくめてみせる。

「バーカ。バレバレなんだよ。おまえらヘッタクソだな、尾行《びこう》。歩《ある》きながら、笑《わら》いをこらえるのに苦労《くろう》したぜ」

……大翔《ひろと》はなんだかすっかり気《き》が抜《ぬ》けて、座《すわ》りこんでしまいたい気分《きぶん》だった。

「で？　なんか言《い》い訳《わけ》はあるか？　人《ひと》のこと尾《つ》けるなんてよ。俺《おれ》のぷらいばしー、侵害《しんがい》していいって？」

章吾《しょうご》は口《くち》をへの字《じ》にまげて、3人《にん》をにらんでみせた。

「ごめん、金谷《かなや》くん……」

「ごめんなさい……」

「ま、いいさ。おまえらがバカなのは、いまにはじまったことじゃないしな」

しおしおとあやまる悠《ゆう》と葵《あおい》に、章吾《しょうご》は笑《わら》った。

「それより、さっさと帰《かえ》れ。夜《よる》はあぶねえ。……ここは、おまえらのくるようなところじゃねえんだ」

ちらりとあたりを見《み》まわした。

その目《め》つきは、大翔《ひろと》たちにむけるものとはちがう……ぞくっとするほど冷《つめ》たく、するどいものだった。

敵《てき》を警戒《けいかい》し、排除《はいじょ》しようとする目《め》。

「ま、待《ま》てよ、章吾《しょうご》！」

立《た》ち去《さ》ろうとする章吾《しょうご》の背中《せなか》に、大翔《ひろと》は声《こえ》をかけた。

いつの間《ま》にか救急車《きゅうきゅうしゃ》はどこかへ消《き》え、集《あつ》まっていた人《ひと》たちも解散《かいさん》している。とおりにほかの人影《ひとかげ》は見《み》えない。陽《ひ》がしずみかけ、あたりは急速《きゅうそく》に暗《くら》くなっていく。

「……あと尾《つ》けたりして、悪《わる》かった。あやまるよ」

「いいっていいったろ」

章吾《しょうご》は背中《せなか》をむけたままこたえる。

「おまえらのすることなんて、いまさらいちいち気《き》にしねえよ」

「あやまるから、代《か》わりに教《おし》えてほしいんだ」

「代《か》わりってなんだよ」

あきれたようにふりかえった。

「調子《ちょうし》のいいやつだな。俺《おれ》が代《か》わりをする意味《いみ》がわかんねぇ——」

「——なに、悩《なや》んでんだよ？」

「………」

章吾《しょうご》はだまりこんだ。

「なんか、悩《なや》んでんだろ？　それくらいわかるぞ？　おまえ、かくしてるつもりだろうけど……けっこう、バレバレだからな？　おれたちの尾行《びこう》と同《おな》じくらいヘタだからな？」

章吾《しょうご》は、ムッ、と唇《くちびる》をとがらせて、

「俺《おれ》はそこまでヘタじゃ——」

いいかけて、ハッとして口《くち》をつぐんだ。舌打《したう》ちした。

「うん、ぼくにもわかるくらいだったしね。金谷《かなや》くん、バレバレだよ。かくすのヘタだ」

悠《ゆう》が追《お》いうちをかける。

「まあ、金谷《かなや》くんにしては……うまいとはいえないわね」

葵《あおい》も同意《どうい》した。

章吾《しょうご》はまた舌打《したう》ちしてうつむいた。顔《かお》が赤《あか》くなっているのは、夕陽《ゆうひ》のせいじゃないだろう。

「な？　教《おし》えろよ。ここまでバレバレなんだ。いいじゃんか」

「どういうりくつだ、くそ……」

「いったい、なにを悩《なや》んでんだ？　章吾《しょうご》。いってくれよ。──力《ちから》になるぜ」

大翔《ひろと》は拳《こぶし》をにぎりしめてみせた。

「あたしたちがなにかできる話《はなし》かは、わからないけど……少《すく》なくとも、相談《そうだん》にはのれるわ」

葵《あおい》がうなずいた。

「話《はな》すだけならタダだよ！　金谷《かなや》くん。タダ！」

悠《ゆう》が笑《わら》った。

「…………」

くちぐちにいう3人《にん》の顔《かお》を、章吾《しょうご》は不思議《ふしぎ》そうに見《み》まわしていた。

どうして？　とつぶやいた。──どうして、そんなに心配《しんぱい》してくれるんだ？

大翔《ひろと》には、なにが「どうして？」なのか、よくわからなかった。あたりまえすぎて。

章吾《しょうご》は、ふうっと口《くち》から息《いき》を吐《は》きだした。

顔《かお》をふせ、言葉《ことば》に迷《まよ》うように、何度《なんど》も口《くち》を開《あ》け閉《し》めしている。

「実《じつ》は……」

ようやく、声《こえ》をだした。

「俺《おれ》の、母《かあ》——」


「あら、大翔《ひろと》たちじゃない。こんなところでなにしてるの？」

と、のんびりとした声《こえ》がひびいた。

ふりかえると、大翔《ひろと》のお母《かあ》さんが立《た》っていた。

となりには、悠《ゆう》のお母《かあ》さん、葵《あおい》のお母《かあ》さんもいる。首《くび》をかしげて、子供《こども》たちを見《み》やっている。

「母《かあ》さんたちこそ、なにしてんの……？　こんなところで」

とつぜんあらわれた母《かあ》さんに、大翔《ひろと》は戸惑《とまど》った。

母《かあ》さんたちは、にっこりうなずきあって、

「仕事帰《しごとがえ》りに、お茶《ちゃ》してたのよ。なじみの喫茶店《きっさてん》があるの」

「ヒロトくん、アオイちゃん、こんにちは。元気《げんき》してる？　あれ、ショウゴくんもいるじゃない。こんにちは」

「大翔《ひろと》はまたこんなおそくまでほっつき歩《ある》いて……。この前《まえ》しかったばかりなのに、ちっともこりないんだから」

「……母《かあ》さんたちだって、ほっつき歩《ある》いてるじゃないか。な？　悠《ゆう》」

「あ、ヒロト、ぼくを巻《ま》きこまないで」

「大翔《ひろと》！」

母《かあ》さんはムスッと口《くち》をへの字《じ》にまげて怒《おこ》り、大翔《ひろと》は逃《に》げるふりをした。いったの悠《ゆう》だよ！　ぼくちがう！　と逃《に》げまわる2人《ふたり》に、葵《あおい》は肩《かた》をすくめ、2人《ふたり》のお母《かあ》さんたちもニコニコ笑《わら》っている。

よくあることだった。大翔《ひろと》たちは同《おな》じマンションの幼《おさな》なじみで、お母《かあ》さんたちもよく一《いっ》緒《しょ》におしゃべりする仲《なか》だ。

親子《おやこ》そろうと、だいたいこんな感《かん》じ。

口《くち》うるさくて、やかましくって、ほんとにいつも……。


――おまえらにわかるわけねえよな、俺《おれ》の気持《きも》ちなんか……。


声《こえ》が聞《き》こえた。

ささやきのように小《ちい》さな、けれど冷《ひ》えびえとした声《こえ》。

大翔《ひろと》はふりかえった。

章吾《しょうご》が、じっとみんなのことを見《み》つめていた。笑《わら》う大翔《ひろと》たちと、お母《かあ》さんたちを。

まるで何億光年《なんおくこうねん》も遠《とお》くはなれた凍《こご》えた宇宙《うちゅう》から、あたたかい太陽《たいよう》を見《み》つめるみたいに。


「……章吾《しょうご》？」

章吾《しょうご》の表情《ひょうじょう》がもどるのは一瞬《いっしゅん》だった。

なんだ？　とこたえるときには、いつもどおりの顔《かお》をしていた。

いつもどおりのはずなのに……大翔《ひろと》はなぜか、失敗《しっぱい》した、と思《おも》った。とりかえしのつかない失敗《しっぱい》を。


「悩《なや》みなんてねえよ。おまえらの考《かんが》えすぎだ」

帰《かえ》り際《ぎわ》、章吾《しょうご》はそういって笑《わら》った。

大翔《ひろと》はまた、扉《とびら》の閉《と》じる音《おと》を聞《き》いたと思《おも》った。

パタン、パタン……音《おと》を立《た》てて扉《とびら》は閉《と》じていく。

そうして、二度《にど》と開《ひら》かない。

間章《かんしょう》　影鬼《かげおに》は語《かた》る

ねえ、章吾《しょうご》。
まだ考《かんが》えているの？

そろそろ、答《こた》えをださなくちゃだめだよ。
おいらだけなら、章吾《しょうご》の気《き》がすむまで、いつまでだって待《ま》ってあげられる。
でも手術《しゅじゅつ》の日《ひ》はもうすぐだし、あのかたははやく答《こた》えがほしいみたいだ。
どこかで決断《けつだん》しなくちゃいけないんだよ。

ねえ、もういいじゃないか。
そろそろ章吾《しょうご》だって、わかったんじゃないか？
『友《とも》だちをたよる』なんて、ムダなことなんだって。

おいらには、わかってたんだ。はじめから、わかってた。
だって、おまえは、大翔《ひろと》たちとはちがうもの。
おまえは、特別《とくべつ》なんだ。ほかのやつらとは、ちがうんだよ。おまえがあいつらを助《たす》ける
ことはできても、あいつらがおまえを助《たす》けることなんてできない。
だって大翔《ひろと》は、おまえの横《よこ》にならべやしないじゃないか。それって、友《とも》だちっていえる
の？
だって、大翔《ひろと》たちは、おまえとはちがうもの。
あいつらは、家《いえ》に帰《かえ》ったら、お母《かあ》さんがいるんだ。元気《げんき》なお母《かあ》さんが、ご飯《はん》を作《つく》ってく
れるんだ。ひとりぼっちの家《いえ》の冷《つめ》たさも、ひとりぼっちで食《た》べるご飯《はん》の味《あじ》も、あいつらは

知《し》らない。

そんなあたたかいところに住《す》んでるやつらに、おまえの気《き》持《も》ちなんてわかるはずがないよ。それって、友《とも》だちっていえるの？


うるさいって？　あいつらは仲《なか》間《ま》なんだって？　バカにするなって？　怒《おこ》らないでよ。悪《わる》かったよ。

でも章《しょう》吾《ご》。

章《しょう》吾《ご》の力《ちから》になれる一《いち》番《ばん》の仲《なか》間《ま》は——おいらなんだ。

おいらしか、章《しょう》吾《ご》をわかってやれない。


人《じん》生《せい》は理《り》不《ふ》尽《じん》だ——章《しょう》吾《ご》は以《い》前《ぜん》、そう思《おも》っていたろ？

どうしたって変《か》えられない、どんなにがんばったって変《か》えられないことがあるんだって、思《おも》っていたろ？

でも、そんなことはないんだよ章《しょう》吾《ご》。

理不尽《りふじん》な運命《うんめい》は、作《つく》りかえることができる。章吾《しょうご》が望《のぞ》むように。

なにも悪《わる》いことしていない、章吾《しょうご》のお母《かあ》さん。やつらに火《ひ》を消《け》させたりしちゃだめだ。

守《まも》ろうよ。やつらをやっつけてやろうよ。章吾《しょうご》がその気《き》にさえなれば、できるんだ。

そうだよ章吾《しょうご》、できるんだ。

……でも。

そのためには、一《ひと》つ、条件《じょうけん》があるんだ。

理不尽《りふじん》な運命《うんめい》を変《か》える。それだけの強《つよ》い力《ちから》を手《て》にするためには、代《か》わりに捨《す》てなくちゃいけないものがあるんだよ。

それはね、章吾《しょうご》。


友《とも》だちだよ。


鬼《おに》は強《つよ》いが、人《ひと》は弱《よわ》い。

友《とも》だちなんて持《も》ったままだと、やつらに勝《か》つだけの強《つよ》い力《ちから》を、手《て》にすることはできないんだ。

だから章吾《しょうご》、友《とも》だちなんてたよっちゃいけない。捨《す》てなくちゃ。

仲間《なかま》？　だめだよ、捨《す》てなくちゃ。

なぜそんなに悲《かな》しそうな顔《かお》をするんだ？

だいじょうぶだよ。おいらがいるよ。

おいらはおまえの横《よこ》にならべる。あったかいご飯《はん》を作《つく》ってくれるお母《かあ》さんなんていない、つまはじき者《もの》だ。

章吾《しょうご》が望《のぞ》むなら、あいつらの代《か》わりに、おいらが友《とも》だちになってやる。

だから、章吾《しょうご》。運命《うんめい》を変《か》えよう。理不尽《りふじん》をほろぼそう。

章吾《しょうご》は、鬼《おに》になるんだ。

3 死神《しにがみ》の追跡《ついせき》

1

「……なんで、いってくれなかったんだよ？」

大翔《ひろと》がつめ寄《よ》ると、章吾《しょうご》は目《め》をそらした。

章吾《しょうご》を尾《つ》けた翌々日《よくよくじつ》の放課後《ほうかご》。学校近《がっこうちか》くの公園《こうえん》に、大翔《ひろと》は章吾《しょうご》をひっぱってきた。

公園《こうえん》にはほかに、人《ひと》の姿《すがた》はない。

「章吾《しょうご》、病院《びょういん》に通《かよ》ってたんだろ？　お母《かあ》さんのお見舞《みま》いにいってたんだろ？　どうして、かくすことがあるんだよ？」

教《おし》えてくれたのは、大翔《ひろと》の母《かあ》さんだった。母《かあ》さんも、病院前《びょういんまえ》での章吾《しょうご》の様子《ようす》に、なにか思《おも》うところがあったらしい。あの翌日《よくじつ》、病院《びょういん》で働《はたら》いている知《し》りあいの看護師《かんごし》に、それとなく訊《き》いてきてくれたのだ。

「……ったく、強引《ごういん》なやつだな。ほんと、尊敬《そんけい》するぜ。真似《まね》できねえよ」

地面《じめん》に半分《はんぶん》埋《う》まったタイヤに座《すわ》りこみ、章吾《しょうご》はなにかまぶしいものでも見《み》るように目《め》を細《ほそ》めて、大翔《ひろと》を見《み》あげた。

「このごろおまえが悩《なや》んでるの……そのことなんだろ？」

「だったら、どうだっていうんだ？　俺《おれ》の母《かあ》さんが病気《びょうき》で死《し》にそうだから、おまえらが治《なお》してくれるのか？」

「そ、それは、できねえけどさ。……でも、なにか、力《ちから》に、」

「ねえよ。なにかできるなら、俺《おれ》がとっくにしてる。世《よ》の中《なか》には、どうしようもないことがあるんだよ。……話《はなし》はそれだけか？　なら帰《かえ》るぜ」

章吾《しょうご》は息《いき》を吐《つ》くと、立《た》ちあがった。

歩《ある》きだそうとするその背《せ》に、大翔《ひろと》は言葉《ことば》を投《な》げる。

「あの黒《くろ》ローブの人影《ひとかげ》、章吾《しょうご》も見《み》たんだろう？」

章吾《しょうご》はぴたりと足《あし》を止《と》めた。

やっぱりだ。こいつ、まだかくしごとしてやがる。

腹《はら》が立《た》った。どうしていってくれないんだ。そんなにおれたちが、信頼《しんらい》できないのかよ。

「おまえを尾《つ》けて病院《びょういん》までいったとき、見《み》たんだ。全身真《ぜんしんま》っ黒《くろ》な、ローブ姿《すがた》の人影《ひとかげ》」

「……知《し》らねーな」

「あれは……〝死神《しにがみ》〟ってやつなんじゃないか？」

悠《ゆう》と葵《あおい》と相談《そうだん》してだした結論《けつろん》だった。あの黒《くろ》ローブは、〝死神《しにがみ》〟といわれるものだ。

人《ひと》が死《し》ぬとき、その魂《たましい》を冥界《めいかい》へつれていく存在《そんざい》。

『死《し》を司《つかさど》る神《かみ》』とも、『魂《たましい》の管理者《かんりしゃ》』ともいわれてる。

人間《にんげん》は死期《しき》を迎《むか》えると、あの死神《しにがみ》に命《いのち》の火《ひ》を吹《ふ》き消《け》されるのだ。

「逆《ぎゃく》にいえば、死神《しにがみ》をやっつけることができれば、狙《ねら》われた人《ひと》は、助《たす》かるってことだ。章《しょう》吾《ご》。おまえ、あの死神《しにがみ》と戦《たたか》うつもりなんじゃないのか？」

「……だとしたら、どうだっていうんだ？」

章吾《しょうご》は肩《かた》をすくめた。

「……きまってんだろ。一緒《いっしょ》に戦《たたか》う、っていってんだ」

バカにしてみせるような視線《しせん》を、大翔《ひろと》はしっかり受《う》けとめた。

「あの黒《くろ》ローブから章吾《しょうご》のお母《かあ》さんを守《まも》るってんなら、おれたちにも、なにかできることはあるはずだ。1人《ひとり》より、みんながいたほうが、できること、ひろがるだろ」

大翔《ひろと》は力強《ちからづよ》くうなずきかけた。章吾《しょうご》はだまっている。

「おれたちならできる。いままでだって、そうやってきたろ」

「…………」

「力《ちから》になる。約束《やくそく》する」

ぐっ、と、かためた拳《こぶし》を突《つ》きだした。

章吾《しょうご》は、その拳《こぶし》をじっと見《み》つめた。口《くち》を開《ひら》きかけた。

『……章吾《しょうご》』

と、声《こえ》がした。

遠慮《えんりょ》がちに、ほんの一言《ひとこと》。心配《しんぱい》そうな、不安《ふあん》そうな声《こえ》。

「——わかっている」

章吾《しょうご》がいった。こちらもほんの一言《ひとこと》だけだった。

なのに、それでなにかがこわれた気《き》がした。大翔《ひろと》と章吾《しょうご》のあいだにできかけていた、大《だい》事《じ》ななにかが、バラバラにこわれた。

大翔《ひろと》は腹《はら》が立《た》った。だれだよ、いま邪魔《じゃま》しやがったのは。

あたりを見《み》まわすが、だれもいない。

2人《ふたり》の影《かげ》が、木々《きぎ》や遊具《ゆうぐ》がおとす影《かげ》が、ただ地面《じめん》にのびているだけだ。

「章吾《しょうご》。いまの声《こえ》は、いったい……」

「わかったっていったろ」

章吾《しょうご》は口早《くちばや》にいった。

大翔《ひろと》の拳《こぶし》に、拳《こぶし》をあわせる。

「かくすのはやめにする。協力《きょうりょく》してくれ。あの死神《しにがみ》たちから、母《かあ》さんを守《まも》る。おまえらも力《ちから》を貸《か》してくれ」

「……お、おう！　もちろん！」

大翔《ひろと》はぶんぶんうなずき、ガッツポーズする。

やった、と思《おも》った。やっと打《う》ちあけてくれた。これで一緒《いっしょ》に戦《たたか》える。

声《こえ》のことなんて、頭《あたま》から吹《ふ》き飛《と》んでしまった。

「さっそく、悠《ゆう》と葵《あおい》と、作戦《さくせん》をねろうぜ！　死神退治《しにがみたいじ》だ！」

「ああ」

「最初《さいしょ》からかくしごとなんてせずに、そういってくれればよかったのにさ！　おれたち、友《とも》だちなんだから」

「………」

章吾《しょうご》はだまりこんだ。

うつむいて、地面《じめん》を見《み》つめている。

「なんだよ？　また『おまえらなんかと友《とも》だちになった覚《おぼ》えはねえ』とかいうんだろ。ほんっと、おまえってそういうやつだよな～」

大翔《ひろと》は章吾《しょうご》の脇腹《わきばら》をこづいた。

「ま、いいさ。おまえらしくて、安心《あんしん》するってもんだ。もうかくしごとなんて、すんなよな」

「……ああ、しねえよ。もう、かくしごとなんて、しねえ」

大翔《ひろと》は首《くび》のうしろで手《て》を組《く》むと、へへっと笑《わら》って空《そら》を見《み》あげた。

澄《す》んだ空《そら》を見《み》つめて、っし！　やるぞぉ！　と声《こえ》をはりあげる。

章吾《しょうご》は、そんな大翔《ひろと》のむかいで、だまって地面《じめん》を見《み》おろした。

地面《じめん》にうつった自分《じぶん》の影《かげ》を……その影《かげ》のなかにひそんだなにかを、じっと見《み》つめている。

2人《ふたり》、まるでちがうものを見《み》ていることに、大翔《ひろと》は気《き》づかない。

「……もう、かくしごとなんてしねえよ。なにも」

つぶやく章吾《しょうご》の影《かげ》が、ゆらりとゆらめいた気《き》がした。

2

「はい！　これが〝死神《しにがみ》〟についての資料《しりょう》よ」

でんっ……と、机《つくえ》に積《つ》まれた大量《たいりょう》の本《ほん》に、大翔《ひろと》と悠《ゆう》は口《くち》もとをひきつらせた。

桜ヶ島《さくらがじま》図書館《としょかん》、調《しら》べもの学習《がくしゅう》ルーム。図書館《としょかん》資料《しりょう》を使《つか》って話《はな》しあいのできるスペースだ。

葵《あおい》が机《つくえ》に本《ほん》を山《やま》と積《つ》み、ほとんど将棋《しょうぎ》崩《くず》しみたいになっている。ドサドサドサッ……と、はじっこのほうが崩《くず》れおちた。

「こ、これ、全部《ぜんぶ》読《よ》むの……？」

悠《ゆう》がうめいた。

「むしろもう読《よ》んだわ」

「「読《よ》んだの!?」」

2人《ふたり》は卒倒《そっとう》しかけた。

「いや、全文《ぜんぶん》じゃないわよ？　ポイントポイントだけ。昨日《きのう》一日《にち》あったから、めぼしいものに目《め》をとおしておいたってだけよ。と、いってもね。残念《ざんねん》ながら、参考《さんこう》になりそうなものはあまりなかったの」

葵《あおい》は1冊《さつ》1冊《さつ》本《ほん》を手《て》にとり、机《つくえ》の脇《わき》によけていく。

「多《おお》かったのは、宗教《しゅうきょう》に関《かん》する本《ほん》ね。死神《しにがみ》にまつわる信仰《しんこう》の歴史《れきし》とか、興味深《きょうみぶか》くはあったけど……あまり参考《さんこう》にはなりそうもないわ。気《き》になったのは、むしろ、これかしら？」

と、葵《あおい》が手《て》にしたのは、なぜか『グリム童話集《どうわしゅう》』だった。

赤《あか》ずきんとか、白雪姫《しらゆきひめ》とか、ヘンゼルとグレーテルとか？　そんなの、死神《しにがみ》となんの関係《かんけい》があるんだ？

「そこまで有名《ゆうめい》じゃないから、知《し》らないと思《おも》うけど……グリム童話《どうわ》のなかの一《ひと》つに、〝死《し》神《がみ》〟がでてくるお話《はなし》があるのよ。タイトルは『死神《しにがみ》の名付《なづ》け親《おや》』」

葵《あおい》は『グリム童話集《どうわしゅう》』のページをめくりながらつづけた。

「そのお話《はなし》のなかで、死神《しにがみ》が、主人公《しゅじんこう》を洞窟《どうくつ》へつれていくシーンがあるんだけどね。その洞窟《どうくつ》のなかに……人《ひと》の命《いのち》をあらわすロウソクが、たくさんならんでるの」

人《ひと》の命《いのち》をあらわすロウソク……。

大翔《ひろと》と悠《ゆう》は顔《かお》を見《み》あわせ、うなずきあった。ナイスだ、グリム童話《どうわ》書《か》いた人《ひと》。見《み》ず知《し》らずのグリムさんと、ハイタッチしたくなる。

「うっし！　じゃあ、その話《はなし》を参考《さんこう》にすればいいな。作者《さくしゃ》が、実際《じっさい》に死神《しにがみ》を見《み》たことあるのかもしれねえし」

昔《むかし》の神話《しんわ》や寓話《ぐうわ》のなかには、ときどきそういうものがあるという。作者《さくしゃ》の実体験《じったいけん》が、時代《じだい》を超《こ》えて、物語《ものがたり》の形《かたち》になってのこるのだ。

「んで、葵《あおい》。その話《はなし》のなかで、主人公《しゅじんこう》は、どうやって死神《しにがみ》をやっつけるんだ？」

「……あのねえ」

勢《いきお》いこんで訊《き》く大翔《ひろと》に、葵《あおい》はあきれたようにため息《いき》を吐《つ》いた。

「これ、グリム童話《どうわ》なの。『少年《しょうねん》ジャンプ』じゃないのよ。やっつけかたなんて、書《か》いてないわ」

「じゃ、お話《はなし》は、どうなるんだよ？」

「主人公《しゅじんこう》は、死神《しにがみ》に、自分《じぶん》のロウソクの火《ひ》を消《け》されて死《し》んじゃうの」

「……そのあとは？」

「それで、おしまい」

なに考《かんが》えてんだよ、グリム童話《どうわ》書いた人《ひと》。大翔《ひろと》と悠《ゆう》は腹《はら》を立《た》て、見《み》ず知《し》らずのグリムさんに文句《もんく》をいいたくなった。

「ほかの本《ほん》もいろいろ調《しら》べたんだけど、収穫《しゅうかく》なし。人間《にんげん》が死神退治《しにがみたいじ》に成功《せいこう》する話《はなし》は、見《み》つからなかったわ。鬼退治《おにたいじ》の話《はなし》はたくさんあるのに、死神退治《しにがみたいじ》の話《はなし》ってないの」

大翔《ひろと》と悠《ゆう》はうなった。

葵《あおい》は、それで思《おも》ったんだけど……とつづけた。

「そもそも……やっつけていいようなものなのかしら？　死神《しにがみ》って」

「？　あたりまえだろ？　人《ひと》を死《し》なせるんだぜ？」

なにいいだすんだ、と首《くび》をかしげる大翔《ひろと》に、葵《あおい》はむずかしい顔《かお》をして腕《うで》を組《く》む。

「でも、仮《かり》にも神様《かみさま》なのよ？」

「神様《かみさま》ったって、死神《しにがみ》だろ？」

「死神《しにがみ》だけど、神様《かみさま》でしょ？　グリム童話《どうわ》でも、死神《しにがみ》は悪《あく》としては描《えが》かれてないの。むしろこの話《はなし》は、死神《しにがみ》をだました主人公《しゅじんこう》が、その報《むく》いを受《う》けるって話《はなし》なのよ。悪《わる》いのは、分《ぶん》をわきまえない人間《にんげん》のほうとして描《えが》かれてる」

「…………」

「死神《しにがみ》だけど、神《かみ》は神《かみ》。人《ひと》が死神《しにがみ》を退治《たいじ》する昔話《むかしばなし》は見《み》あたらない。……きっとそれは、昔《むかし》の人《ひと》は、人《ひと》が死《し》ぬのは自然《しぜん》の摂理《せつり》だって、わかっていたからなんだと思《おも》うの」

自然《しぜん》の摂理《せつり》……？　またむずかしい言葉《ことば》を使《つか》う。

なにがいいたいんだよ、葵《あおい》？　ムスッとする大翔《ひろと》に、葵《あおい》はつづけた。

「……あたし、あの黒《くろ》ローブの人影《ひとかげ》が、そんな悪《わる》いやつだとは思《おも》えないの」

「なにいうんだよ。救急車《きゅうきゅうしゃ》で運《はこ》ばれてきた人《ひと》、あいつにやられちゃったんだぞ」

「でも、あの人《ひと》はもう死《し》にかかっていたでしょう？　死《し》ぬさだめの人間《にんげん》を、あの世《よ》へつれていく――それって悪《わる》いことなのかな」

「おれはあいつにおそわれかけたんだぜ」

「おそわれたんじゃなくて、なにか訊《き》かれたんでしょ？」

葵《あおい》は訂正《ていせい》する。

「あたしの推理《すいり》なんだけど……もともと死期《しき》の近《ちか》づいた人《ひと》には、死神《しにがみ》の姿《すがた》が見《み》えるんじゃないかしら。だからあのとき、黒《くろ》ローブ——死神《しにがみ》は、大翔《ひろと》に近《ちか》づいてきた。死神《じぶん》のことが見《み》えてる大翔《ひろと》を、あの世《よ》へつれていくべき人間《にんげん》だと思《おも》って」

「そういや、悠《ゆう》と葵《あおい》、あのときどうしてたんだ？」

「ぼく、目《め》、そらしてたんだ。なんとなく、見《み》ないほうがいいと思《おも》って」

「あたしも」

おれにもいってくれよ……大翔《ひろと》は肩《かた》をおとした。じっと見《み》ていたせいで、大翔《ひろと》だけ死神《しにがみ》に目《め》をつけられたらしい。

「でも死神《しにがみ》は、すぐにおかしいって気《き》づいたんじゃないかな。だって大翔《ひろと》は、どう見《み》ても死期《しき》の近《ちか》づいた人間《にんげん》には見《み》えないもの」

「むしろもう100年《ねん》くらい生《い》きそうだよね、ヒロトは」

「それで、問《と》いかけていたんじゃないの？『どうして自分《じぶん》の姿《すがた》が見《み》えるのか？』とか、『おまえは死《し》にかけているのか？』とか、そんなことを」

たしかにあのとき死神《しにがみ》は、ずっと問《と》いを発《はっ》していた。辛抱強《しんぼうづよ》く、大翔《ひろと》になにか訊《き》いているようだった。

むこうにその気《き》があったなら、そんな面倒《めんどう》なことせずに、さっさと大翔《ひろと》の火《ひ》を吹《ふ》き消《け》していたはずだ。

「死神《しにがみ》には死神《しにがみ》のルールがある。けっして無差別《むさべつ》に人《ひと》をおそっているわけじゃない。……そして、そのルールは、運命《うんめい》とか天命《てんめい》っていうものかもしれない」

葵《あおい》はむずかしい顔《かお》をして首《くび》をひねった。

「そんなものに逆《さか》らうなんて……本当《ほんとう》にしていいことなの？」

＊

「……なんだよ、葵《あおい》。むずかしいことばっかいって。じゃあ、どうしろっていうんだよ」

図書館《としょかん》からの帰《かえ》り道《みち》。

葵《あおい》はそのまま塾《じゅく》へいくというのでわかれ、大翔《ひろと》と悠《ゆう》は自宅《じたく》のあるマンションへの道《みち》を歩《ある》いた。

ここのところ、陽《ひ》が暮《く》れるのがはやくなってきた。地面《じめん》に2人《ふたり》の影《かげ》がのびている。2人《ふたり》は影《かげ》をたんたんと踏《ふ》みながら歩《ある》く。

「そういえば金谷《かなや》くん、結局《けっきょく》こなかったね」

「しかたねえさ。章吾《しょうご》は病院《びょういん》にいたいっていうから。こっちはこっちで作戦《さくせん》を考《かんが》えようぜ」

「関本《せきもと》くんや伊藤《いとう》くんは、さそわなくていいのかな？」

「ぜったいいうなって、章吾《しょうご》にいわれた。和也《かずや》や孝司《こうじ》にまでお母《かあ》さんの心配《しんぱい》なんてされたら、もう学校《がっこう》いけねえって」

悠《ゆう》とならんで歩《ある》いていく。冷《つめ》たい風《かぜ》が吹《ふ》き抜《ぬ》ける。散《ち》った葉《は》っぱの上《うえ》を踏《ふ》みしめる。

大翔《ひろと》はなんだか、気分《きぶん》が晴《は》れなかった。胸《むね》のなかで、小《ちい》さな不安《ふあん》がうずいている。

なぜかは自分《じぶん》でもわからない。章吾《しょうご》がおれたちをたよってくれて、悠《ゆう》や葵《あおい》と相談《そうだん》をして
……うまくいっているはずなのに、その不安《ふあん》は、風船《ふうせん》みたいにふくらんでいくのだ。

（くそ。なに、弱気《よわき》になってんだ！　おれ）

だいじょうぶだ。まだ死神《しにがみ》の弱点《じゃくてん》はわからないが、みんないるんだ。

仲間《なかま》で力《ちから》をあわせれば、これまでだって、なんとかなってきたじゃないか。

「……ヒロト」

と、となりで悠《ゆう》が口《くち》を開《ひら》いた。

みじかい、でも、はっきりとした声《こえ》。

大翔《ひろと》は瞬時《しゅんじ》に気《き》をひきしめた。幼《おさな》なじみの声《こえ》に、緊張《きんちょう》を感《かん》じとったのだ。

みじかく、訊《き》く。

「なんだ、悠《ゆう》」

「そのまま、聞《き》いてね。そのまま。変《へん》な動《うご》きしないで」

「ああ。なんだ？」

「——ぼくら、尾《つ》けられてるみたいだ」

思《おも》わずうしろをふりむこうとして、大翔《ひろと》はあわててやめた。

ごくりとつばをのみこむ。

前《まえ》をむき、変《か》わらない調子《ちょうし》で歩《ある》いたまま、訊《き》く。

「この前《まえ》のおかえしで章吾《しょうご》がイタズラ……ってんじゃねえよな？」

「そしたら楽《たの》しいけど、ちがう。あの黒《くろ》いローブ姿《すがた》のやつだ。……死神《しにがみ》だよ」

悠《ゆう》も歩調《ほちょう》を変《か》えずに歩《ある》きながらいう。その顔色《かおいろ》は青《あお》くなっている。

「うしろのほう——電信柱《でんしんばしら》の陰《かげ》からぼくらを見《み》てる。様子《ようす》をうかがってるみたいだ」

「なんで、あいつが……」

いいかけ、大翔《ひろと》は口《くち》をつぐんだ。

なんで？　きまってるじゃないか。

先制攻撃《せんせいこうげき》をしかけてきたのだ。おれたちが、やつらと戦《たたか》おうとしているのを知《し》って。

あまかった。敵《てき》が大翔《ひろと》たちの準備《じゅんび》がととのうまで、じっと待《ま》っててくれる保証《ほしょう》なんかなかったんだ。やつらのたおしかたを見《み》つけだす前《まえ》におそわれれば、大翔《ひろと》たちには為《な》す術《すべ》がない。

じわっと背中《せなか》から汗《あせ》がにじんでくる。

逃《に》げるしかない。

「家《いえ》からはなれよう」

悠《ゆう》がいって、２人《ふたり》は帰《かえ》り道《みち》とは逆方向《ぎゃくほうこう》へ折《お》れた。

「だめだ、ついてくる。どうしよう。ふりきらないと、帰《かえ》れないよ。あいつに家《いえ》がバレたらまずい」

家《いえ》がバレたら……あいつは、いつでも大翔《ひろと》たちをおそえることになる。

大翔《ひろと》たちが寝《ね》ているときにでものんびりとあらわれ、フッとロウソクを一吹《ひとふ》きする。それだけで、大翔《ひろと》たちは永遠《えいえん》に眠《ねむ》ったままでいることになる。家《いえ》がバレたら、ゲームセットだった。

どく、どく……と心臓《しんぞう》が脈打《みゃくう》つ。

こちらが少《すこ》し早足《はやあし》になると速《はや》く、おそくなるとおそく、距離《きょり》をたもったまま、死神《しにがみ》は2人《ふたり》についてくる。家《いえ》に帰《かえ》るのを待《ま》ってるんだろう。

「ヒロト、このままじゃだめだ。わかれて逃《に》げよう。つぎのT字路《ティーじろ》だ」

決心《けっしん》したように、悠《ゆう》がいう。

「むこうは1人《ひとり》しかいないみたいだ。どっちを追《お》うか、迷《まよ》うはずだ。全力《ぜんりょく》で逃《に》げて、撒《ま》いたら、マンション前《まえ》でおちあおう」

「わかった」

「カウント3でいくよ。……3、2、1——」

大翔《ひろと》たちは同時《どうじ》に、左《ひだり》と右《みぎ》にわかれた。

走《はし》りはじめた。

大翔《ひろと》は左《ひだり》の道《みち》にはいり、少《すこ》し走《はし》って……足《あし》を止《と》めた。カーブミラーを見《み》あげる。黒《くろ》ローブ姿《すがた》の人影《ひとかげ》が、あわてたようにスピードをあげて追《お》いかけてくる。

悠《ゆう》のほうにいかせるわけにはいかない。悠《ゆう》は足《あし》がおそいんだ。

「こっちだ！」

大翔《ひろと》はさけんだ。死神《しにがみ》が大翔《ひろと》のほうにむかってくるのを確認《かくにん》すると、また走《はし》りはじめた。

小道《こみち》をかけていく。途中《とちゅう》、とおりかかった人《ひと》が数人《すうにん》いたが、死神《しにがみ》の姿《すがた》は見《み》えないらしく、1人《ひとり》走《はし》る大翔《ひろと》を不思議《ふしぎ》そうに見《み》る。

だいじょうぶそうだ。死神《しにがみ》はふわふわとすべるように進《すす》んでくるが、大翔《ひろと》のほうが速《はや》い。

悠《ゆう》から十分《じゅうぶん》にひきはなしたあと、撒《ま》いてやる。

小道《こみち》から大《おお》どおりにでた。

大翔《ひろと》は横断歩道《おうだんほどう》をわたった。

と、

――ガクン

大翔《ひろと》は前《まえ》のめりにつんのめった。

とつぜん、足《あし》が動《うご》かなくなったのだ。

地面《じめん》に針《はり》と糸《いと》で縫《ぬ》いつけられたみたいに、びくともしない。

「な、なんだこれ……っ」

道路《どうろ》のど真《ま》ん中《なか》で、大翔《ひろと》は立《た》ちつくした。

首《くび》だけふりむくと、小道《こみち》をでてきた死神《しにがみ》が、大翔《ひろと》のほうを見《み》て声《こえ》をはりあげている。


――∝↓⤋▽☻☠！


ブロロロロロロロ……

エンジン音《おん》に、大翔《ひろと》はふりむいて青《あお》ざめた。

トラックが走《はし》ってくるのだ。道路《どうろ》に立《た》ちつくした大翔《ひろと》のほうへむかって、一直線《いっちょくせん》に。

「く、くそぉ……くそぉ……っ！」

逃《に》げなきゃと思《おも》うのに、いくら力《ちから》をこめても足《あし》はびくともしない。

トラックが迫《せま》る。

だめだ。轢《ひ》かれる――。


「ヒロトっ!!」


大翔《ひろと》の体《からだ》は衝撃《しょうげき》に投《な》げだされた。

小道《こみち》から飛《と》びだしてきた悠《ゆう》が、全力《ぜんりょく》タックルをぶちかましたのだ。

2人《ふたり》はごろごろと折《お》りかさなって、道端《みちばた》にたおれこんだ。

すぐ脇《わき》をトラックが、砂《すな》ぼこりを大量《たいりょう》にまき散《ち》らしながらとおりすぎていく。2人《ふたり》はごほごほと咳《せ》きこんだ。

砂《すな》ぼこりが晴《は》れると……死神《しにがみ》の姿《すがた》はなくなっていた。

足《あし》も、もとどおり動《うご》くようになっている。

「悠《ゆう》……どうして」

わかれて逃《に》げたのに、こっちへきたんだ？　大翔《ひろと》がいいおわる前《まえ》に、

「追《お》ってきたんだよ！　もうっ！」

悠《ゆう》はかみつくようにいった。

「ヒロト、1人《ひとり》であいつをつれてこうとするから！　ぼくは、2人《ふたり》で撒《ま》こうっていったのに。ひどいじゃないか！　ぼくのこと、ぜんぜん信頼《しんらい》してないじゃないか！　なんかすごく腹立《はらた》って、追《お》いかけてきたの！」

声《こえ》をはりあげる。

悠《ゆう》が怒《おこ》るのを見《み》るのなんて、何年《なんねん》ぶりだろう？　大翔《ひろと》はぽかんとしてしまった。

「そりゃ、ぼくは足《あし》おそいけどさ……。ヒロトの役《やく》に、立《た》たないかもしれないけどさ……。でも、ヒロトの仲間《なかま》なんだよ……？　1人《ひとり》でカッコつけるの、よくないよ。バカヒロト」

「……ごめん」

大翔《ひろと》は赤《あか》くなった。

章吾《しょうご》のこと、えらそうになんていえないや。友《とも》だちをたよれって、自分《じぶん》で章吾《しょうご》にいったばかりなのに、大翔《ひろと》自身《じしん》ができてないじゃないか。

「……悠《ゆう》、おれを殴《なぐ》ってくれ。おれ、バカだ……」

「いや、そういうのはいいよ、暑苦《あつくる》しいし。わかってくれればいいんだ」

「さらっと暑苦《あつくる》しいとかいうなよ……」

そのあとは、2人《ふたり》で背中《せなか》をあわせ、警戒《けいかい》しながらマンションへもどった。さいわい、死《しに》神《がみ》はもうあらわれなかった。

ふとんにはいってからも、気《き》が高《たか》ぶって、しばらく眠《ねむ》れなかった。

葵《あおい》はああいっていたけれど、死神《しにがみ》はやっぱり悪《わる》いやつだ。いきなり、こっちをおそってきた。運命《うんめい》とか天命《てんめい》とか、そんなたいそうなものじゃない。ただ、邪魔《じゃま》な大翔《ひろと》たちを消《け》そうとしてきたのだ。

そっちがその気《き》なら、容赦《ようしゃ》はしない。やっつけてやる。章吾《しょうご》のお母《かあ》さんと、章吾《しょうご》のためにも。

大翔《ひろと》は決意《けつい》し、眠《ねむ》りにおちていった。

大翔《ひろと》が寝息《ねいき》を立《た》てはじめると、かたわらにたたずんでいた死神《しにがみ》は、音《おと》もなく消《き》えた。

4 章《しょう》吾《ご》の選《せん》択《たく》

1

決戦《けっせん》は、土曜日《どようび》だった。

大翔《ひろと》たちは昼《ひる》すぎに、桜ヶ島《さくらがじま》総合病院《そうごうびょういん》に集《あつ》まった。面会者用《めんかいしゃよう》入《い》り口《ぐち》で受付《うけつけ》をすませ、なかへはいる。

休日《きゅうじつ》の病院《びょういん》は、がらんとしていた。入院患者《にゅういんかんじゃ》のいる病棟《びょうとう》以外《いがい》、お休《やす》みなのだ。正面《しょうめん》入《い》り口《ぐち》の自動《じどう》ドアはシャッターがおり、外来《がいらい》ロビーのまわりはしずまりかえっている。

大翔《ひろと》、悠《ゆう》、葵《あおい》、章吾《しょうご》の４人《にん》は、ロビーのソファに陣《じん》どった。

「母《かあ》さんの手術《しゅじゅつ》は、今夜《こんや》だって聞《き》いてる。死神《しにがみ》が狙《ねら》ってくるのは、十中八九《じゅっちゅうはっく》、そのときだろう」

ひっそりとしたロビーに、章吾《しょうご》の声《こえ》がひびく。

「やつらが姿《すがた》をあらわすのは、日没後《にちぼつご》。おそらく手術《しゅじゅつ》の最中《さいちゅう》か、終《お》わった直後《ちょくご》に、しかけてくるはずだ」

やけに淡々《たんたん》とした口調《くちょう》で、章吾《しょうご》はいう。

「こないってことは、ないのかな……？」

遠慮《えんりょ》がちに、悠《ゆう》がいう。

「手術《しゅじゅつ》ばっちり成功《せいこう》して、お母《かあ》さん元気《げんき》になってさ。それを見《み》た死神《しにがみ》も、あ、これはちがうかな〜……なんていって、帰《かえ》っちゃうの」

「ない。ほとんど見《み》こみのない手術《しゅじゅつ》だって、医者《いしゃ》から聞《き》いてる」

まるで感情《かんじょう》のこもらない、事実《じじつ》を告《つ》げるだけって声《こえ》だ。

章吾《しょうご》の話《はな》しかたに、大翔《ひろと》はなんだか違和感《いわかん》を覚《おぼ》えた。

「お医者《いしゃ》さんが子供相手《こどもあいて》に、そんなことというとは思《おも》えないんだけど……」

葵《あおい》がまゆをひそめる。

「いったさ。正直《しょうじき》にいってくれって俺《おれ》がおねがいしたら、教《おし》えてくれた」

そういって、口《くち》のはしで笑《わら》う章吾《しょうご》の目《め》が。

……一瞬《いっしゅん》、ガラス玉《だま》みたいに見《み》えた。

牛頭鬼《ごずき》や馬頭鬼《ばずき》――あの化《ば》け物《もの》たちと同《おな》じ目《め》だ。人《ひと》の心《こころ》をうつさない、あの冷《つめ》たい目《め》だ。

「どうしたの？　ヒロト？」

「あ、いや……」

見《み》かえすと、いつもの章吾《しょうご》の目《め》だった。いや、いつもよりもするどくとがってはいるけれど……こんな状況《じょうきょう》なんだから当然《とうぜん》だ。

いまのは、おれの気《き》のせいだ。しっかりしろよ、おれ。大翔《ひろと》はぶるっと首《くび》をふった。

「それで作戦《さくせん》なんだが……やつらがあらわれたら、おまえらでおびきだしてくれ」

「おびきだす？」

「ああ。死神《しにがみ》どもは複数《ふくすう》でやってくるはずだ。1匹《ぴき》では、狩《か》れないとふんでるだろうしな」

章吾《しょうご》は挑戦的《ちょうせんてき》に笑《わら》った。

「1匹《ぴき》1匹《ぴき》、ばらばらにこられると目《め》ざわりなんだ。一ヶ所《いっかしょ》に集《あつ》めて始末《しまつ》したい」

まるで害虫駆除《がいちゅうくじょ》の話《はなし》みたいな口《くち》ぶりでいいながら、院内図《いんないず》を指《ゆび》さした。

「おびきだす場所《ばしょ》は、屋上《おくじょう》がいいだろう。広《ひろ》いし、人《ひと》も近《ちか》づかないからな。カギはあらかじめ俺《おれ》が入手《にゅうしゅ》して開《あ》けておく」

「章吾《しょうご》は、どうするんだ？」

「俺《おれ》は母《かあ》さんのそば——手術室《しゅじゅつしつ》の前《まえ》を見張《みは》る。おまえらがやつらをひきつけるのを確認《かくにん》したら、先《さき》に屋上《おくじょう》へいってる。そのあとは……俺《おれ》がなんとかする」

「なんとかって……具体的《ぐたいてき》には？」

葵《あおい》が口《くち》をはさんだ。

「そこが一番大事《いちばんだいじ》な部分《ぶぶん》でしょ？　死神《しにがみ》をやっつける方法《ほうほう》がないまま、その作戦《さくせん》は成立《せいりつ》しないわ」

「安心《あんしん》しろ。俺《おれ》は知《し》ってるからな」

章吾《しょうご》はうなずいた。

「死神《しにがみ》をたおす方法《ほうほう》を」

「だから、それはどんな方法《ほうほう》なの？　いえ……金谷《かなや》くんは、どこでそれを知《し》ったの？」

葵《あおい》の声《こえ》には、疑《うたが》うようなひびきがまじっていた。

「あたしもたくさん調《しら》べたけど、死神《しにがみ》をたおす方法《ほうほう》について、信頼《しんらい》できる情報《じょうほう》は見《み》つからなかった。まさか、人間《にんげん》に恋《こい》させることだ、なんていわないでしょう？」

「そのマンガは俺《おれ》も好《す》きだが」

章吾《しょうご》は笑《わら》った。

「さっきから、金谷《かなや》くんは妙《みょう》に死神《しにがみ》にくわしいみたいだけど……それはどこで知《し》ったことなの？」

「調査能力《ちょうさのうりょく》のちがいだな、宮原《みやはら》」

章吾《しょうご》は肩《かた》をすくめた。

「おまえがわからなくても、俺《おれ》が調《しら》べりゃわかるってだけの話《はなし》だ。おまえより、俺《おれ》のほうが能力《のうりょく》が上《うえ》なんだ。ガリ勉《べん》してやっとトップだったおまえとは、ここのできがちがうんだよ」

章吾《しょうご》は自分《じぶん》の頭《あたま》を指《ゆび》さし、バカにするように笑《わら》った。

葵《あおい》はだまりこんだ。

大翔《ひろと》は、信《しん》じられなかった。章吾《しょうご》がこんなことというなんて。章吾《しょうご》はむしろ、宮原《みやはら》はすごいよなって、いつもいっていたのに。

章吾《しょうご》は自分《じぶん》の力《ちから》のことを、けっして鼻《はな》にかけたりしなかった。だからみんな、章吾《しょうご》を尊《そん》敬《けい》してた。バカにしてみせるのは大翔《ひろと》相手《あいて》くらいで、こんな他人《たにん》を見下《みくだ》すようないいかた、一度《いちど》だってしなかったのに。

「……じゃあ、どうやって死神《しにがみ》を退治《たいじ》するんですか？　バカなあたしにはわからないので、教《おし》えてください。金《かな》・谷《や》・先《せん》・生《せい》！」

不機嫌《ふきげん》まるだしの葵《あおい》の声《こえ》に、ひぃぃ、と悠《ゆう》が涙目《なみだめ》になる。章吾《しょうご》は首《くび》をふった。

「そのときになればわかることだ。いま教《おし》えるメリットはない。おまえらが失敗《しっぱい》して、敵《てき》に作戦《さくせん》がバレたらやだからな」

「……それはつまり、あたしたちを信頼《しんらい》してないってわけ？　へえ」

「戦争《せんそう》に信頼《しんらい》もクソもねえ」

「戦争《せんそう》？　あたしたちはその駒《こま》かなにかですか？」

「そのつもりで協力《きょうりょく》するっていったんじゃなかったのか？」

「……あたし、帰《かえ》る」

「帰《かえ》るなら帰《かえ》れ」

「ちょ、ちょっと！　ちょっとちょっと！　やめよ！　ね？　ぼく、やだな、こういう空《くう》気《き》！」

ついにガマンできなくなった悠《ゆう》が止《と》めにはいった。自《じ》分《ぶん》がケンカしたわけでもないのに、泣《な》きそうになっている。

「2人《ふたり》とも、ちょっとコーフンしすぎだよ。ほら、怖《こわ》い顔《かお》やめてさ、笑《わら》おう？　ニッコニコ！　もう、ニッコニコ！」

ヒロトもほら！　と肩《かた》をたたかれ、2人《ふたり》でニコニコした。……空《くう》気《き》が冷《つめ》たすぎる。

うるさくしていたら、巡回《じゅんかい》の警備員《けいびいん》さんがやってきて怒《おこ》られた。

4人《にん》はロビーにばらばらに座《すわ》ったまま、しばらく一言《ひとこと》もしゃべらなかった。

「……そうだ。ほら、また円陣《えんじん》組《く》もうよ！」

空《くう》気《き》にたえかねて、悠《ゆう》がいいだした。

「以前《いぜん》、鬼《おに》におそわれたとき、やったじゃない？　えいえい、おー、だよ！」

大翔《ひろと》たちは4人《にん》で輪《わ》になった。悠《ゆう》にせかされ、手《て》のひらをかさねあわせた。

以前《いぜん》やったときは、通《つう》じあっていた。なのにいまは、まるでしっくりこない。葵《あおい》は不機《ふき》嫌《げん》そうにそっぽをむいているし、悠《ゆう》は不自然《ふしぜん》にニコニコしているし、章吾《しょうご》は仲間《なかま》のことなんて見《み》もせずに、どこかずっと遠《とお》くを見《み》つめている。

手《て》のひらをかさねあわせていても、心《こころ》がばらばらだ。

大翔《ひろと》の胸《むね》の奥《おく》でくすぶっていた不安《ふあん》が、ゆっくりとふくらんでくる。むくむくとふくらみ、大翔《ひろと》を押《お》しつぶそうとする。

(だいじょうぶ。ただのケンカだ。章吾《しょうご》も葵《あおい》も、気《き》が立《た》ってるだけだ。だいじょうぶだ)

大翔《ひろと》は自分《じぶん》にそういいきかせた。

＊　＊　＊

3階《かい》にあがって、ナースステーションで面会《めんかい》を告《つ》げると、看護師《かんごし》さんたちは、「章吾《しょうご》くんの友《とも》だちだぁ！」とひとしきり騒《さわ》いだ。それから、大翔《ひろと》たちを病室《びょうしつ》へ案内《あんない》してくれた。

「……大翔《ひろと》くん、悠《ゆう》くん、葵《あおい》ちゃんね。わざわざお見舞《みま》い、ありがとう。いつも章吾《しょうご》から話《はなし》は聞《き》いてるわ」

章吾《しょうご》のお母《かあ》さんは、はいってきた3人《にん》に笑顔《えがお》をむけた。

きれいで、やさしそうなおばさんだった。

体《からだ》にさした管《くだ》がなければ、もっときれいなんだろうなって思《おも》う。

ベッドに横《よこ》たわったお母《かあ》さんを見《み》て、不機嫌《ふきげん》だった葵《あおい》も、怒《いか》りは消《き》えたようだった。気《き》づかわしげに章吾《しょうご》を見《み》た。

章吾《しょうご》は1人《ひとり》、部屋《へや》のすみに立《た》ったまま、背中《せなか》をむけて顔《かお》をそむけている。

「……気《き》にしないで。友《とも》だちの前《まえ》でお母《かあ》さんといるの、恥《は》ずかしいんでしょう」

章吾《しょうご》のお母《かあ》さんはくすくすと笑《わら》った。

「みんな、いつも章吾《しょうご》と遊《あそ》んでくれてありがとう。……素直《すなお》じゃない子《こ》でしょう？」

お見舞《みま》いのお菓子《かし》をわたしながら、大翔《ひろと》はうなずいて……あ、いや、と首《くび》をふった。

「素直《すなお》かどうかはわかんないけど……章吾《しょうご》はすごいやつです」

「そうかしら？」

「うん。なんでもできるんだ。すっげえよ。運動《うんどう》も勉強《べんきょう》も、学校《がっこう》トップなんだ」

「それだけじゃない？」

「それだけって？」

「運動《うんどう》と勉強《べんきょう》くらいしか、できないってこと。肝心《かんじん》なことがだめな子《こ》で、心配《しんぱい》してるのよね」

章吾《しょうご》のお母《かあ》さんは、こまったようにため息《いき》を吐《つ》いた。大翔《ひろと》は、ああ、お母《かあ》さんなんだ、と思《おも》った。自分《じぶん》の子供《こども》のことだから、ケンソンしてるのだ。

「謙遜《けんそん》じゃないの。わたしは、章吾《しょうご》より大翔《ひろと》くんのほうが、すごいと思《おも》ってるのよ」

章吾《しょうご》のお母《かあ》さんは、大翔《ひろと》の心《こころ》を読《よ》んだようにいった。大翔《ひろと》は返事《へんじ》にこまった。

「……お世辞《せじ》なんていいって」

「本当《ほんとう》よ。章吾《しょうご》の話《はなし》からだけでもわかるもの。……本当《ほんとう》に大事《だいじ》なところで、大翔《ひろと》くんのほうがいつも上《うえ》をいっていて、章吾《しょうご》はちっともかなわない。章吾《しょうご》はそれが悔《くや》しいから、あなたをライバルだってみとめてるのね」

大翔《ひろと》のほうが上《うえ》をいっている？　そんなもの、あるはずなかった。章吾《しょうご》との勝負《しょうぶ》で大翔《ひろと》が勝《か》ったのは、100メートル走《そう》を一回《いっかい》だけ。それも、まぐれみたいなものだったのだ。

章吾《しょうご》、お母《かあ》さんに抗議《こうぎ》してやれよ、いつもの調子《ちょうし》で。……大翔《ひろと》はちらりと章吾《しょうご》を見《み》た。

章吾《しょうご》は顔《かお》をそむけて、だまったままでいる。

「……一《ひと》つ、みんなにおねがいがあるんだけど、いいかしら？」

お見舞《みま》いを終《お》え、部屋《へや》をでる前《まえ》、章吾《しょうご》のお母《かあ》さんがいいだした。

「考《かんが》えてたの。これから章吾《しょうご》がもっと体《からだ》が大《おお》きくなって、力《ちから》も強《つよ》くなって、反抗期《はんこうき》とかになったら、どうしようって。わたし、このとおり体《からだ》が弱《よわ》いでしょう？　腕力《わんりょく》じゃ、とてもかなわないもの」

章吾《しょうご》のお母《かあ》さんは、考《かんが》えこむように首《くび》をひねった。

大翔《ひろと》はやっぱり、ああ、お母《かあ》さんだ、と思《おも》った。自分《じぶん》の手術《しゅじゅつ》の前《まえ》だってのに、頭《あたま》のなかは、章吾《しょうご》のことばっかり。

「だから、そのへん、みんなにたのみたいのよ。もしもこの先《さき》、あの子《こ》がなにか、わからないことといいだしたらね。そのときは、遠慮《えんりょ》することないわ。わたしに代《か》わって、あの子《こ》のこと……」

章吾《しょうご》のお母《かあ》さんは、拳《こぶし》をにぎると……にやりと笑《わら》って宙《ちゅう》にふるった。

「ぶん殴《なぐ》っちゃって」

2

窓《まど》から射《さ》しこむ光《ひかり》が、夕焼《ゆうや》けの朱《しゅ》に染《そ》まっていく。

大翔《ひろと》、悠《ゆう》、葵《あおい》の3人《にん》は、章吾《しょうご》を病室《びょうしつ》にのこし、一度面会《いちどめんかい》カードを返《かえ》して病院《びょういん》をでた。

それから、すぐにひきかえした。頭《あたま》を低《ひく》くし、抜《ぬ》き足《あし》さし足《あし》で、面会者用入《めんかいしゃようい》り口《ぐち》の受付《うけつけ》下《した》をくぐり抜《ぬ》ける。受付《うけつけ》のおばさんも、まさか子供《こども》が夜《よる》の病院《びょういん》に忍《しの》びこもうとするだなんて、思《おも》わなかっただろう。

3人《にん》は病院内《びょういんない》を歩《ある》いて、死神《しにがみ》をおびきだすルートを確認《かくにん》した。いろいろな部屋《へや》があった。内科《ないか》、外科《げか》、眼科《がんか》……各科《かくか》の診療室《しんりょうしつ》。X線検査室《エックスせんけんさしつ》、CT撮影室《シーティーさつえいしつ》、内視鏡室《ないしきょうしつ》、etc《エトセトラ》……。

人《ひと》に見《み》つからないよう注意《ちゅうい》しながら、探索《たんさく》してまわる。患者《かんじゃ》の家族《かぞく》である章吾《しょうご》はべつとして、大翔《ひろと》たちは見《み》つかったらつまみだされてしまう。

やがて陽《ひ》は暮《く》れ、廊下《ろうか》は暗《くら》がりにしずんだ。

非常灯《ひじょうとう》の明《あ》かりが、ぼんやりとうかびあがっている。

下調《したしら》べはすんだ。どういうルートで走《はし》るか、こまかく打《う》ちあわせた。準備万端《じゅんびばんたん》だ。

準備万端《じゅんびばんたん》なのに……大翔《ひろと》の胸《むね》のなかの不安《ふあん》は、どんどん大《おお》きくなってくるばかりだった。

20時《じ》をすぎた。

章吾《しょうご》のお母《かあ》さんの手術《しゅじゅつ》がはじまる時間《じかん》だ。

「……できやがったぞ」

大翔《ひろと》は窓《まど》から外《そと》を指《ゆび》さした。２階《かい》の窓《まど》から敷地《しきち》を見張《みは》っていたのだ。空《そら》にはぽっかりと満月《まんげつ》がうかび、窓越《まどご》しに廊下《ろうか》をてらしだしている。

桜ケ島総合病院《さくらがじまそうごうびょういん》の敷地《しきち》のまわりは、緑《みどり》の植《う》えこみでかこまれている。

その植《う》えこみの陰《かげ》から、ぽつ、ぽつ、と……まるで水面《すいめん》に墨汁《ぼくじゅう》でも垂《た》らすみたいに、黒《くろ》ローブをまとった人影《ひとかげ》たちが、つぎつぎとにじみでてきた。

「……金谷《かなや》くんのいったとおりだね。たくさんいる……」

悠《ゆう》がうめいた。大翔《ひろと》はうなずいた。

死神《しにがみ》たちは、敷地《しきち》のあちこちからわいてでていた。同《おな》じような人影《ひとかげ》が……十数体《じゅうすうたい》はいるだろうか。

だれからともなく正面入《しょうめんい》り口《ぐち》へ集《あつ》まっていく。

輪《わ》になり、頭《あたま》を突《つ》きあわせている。

「なにを相談《そうだん》してるのかしら……」

葵《あおい》がまゆをひそめた。

葵《あおい》のいうとおり、死神《しにがみ》たちは、なにかを話《はな》しあっているみたいだ。

病院《びょういん》の建物《たてもの》を指《ゆび》さし、さかんに声《こえ》をあげている。

「そりゃ、どうやって章吾《しょうご》のお母《かあ》さんを狙《ねら》うか、話《はな》しあってるんだろ」

「そんな風《ふう》には、見《み》えないんだけど……。なにか……あわててる感《かん》じじゃない？」

葵《あおい》にいわれて、大翔《ひろと》はあらためて見《み》かえした。

たしかに、死神《しにがみ》たちは、なにかあわてて相談《そうだん》しているみたいに見《み》える。

「あわててたら……なんだっていうんだよ？」

「おかしいと思《おも》う。だって、金谷《かなや》くんのお母《かあ》さんのことは、いまさらあわてるようなことじゃないはずでしょ？　死神《しにがみ》たちにしてみれば、準備万端《じゅんびばんたん》だったはず」

「じゃあ、なんであいつらはあわててるっていうんだよ……？」

「つまり……死神《しにがみ》たちにとって、なにか想定外《そうていがい》のことが起《お》こってるってことじゃない？」

「想定外《そうていがい》のことって、なんだよ？」

「それはわからないけど……」

「なにか、いやな予感《よかん》がする……」

悠《ゆう》がうめいた。

「まずいよ。だめだ。すごく……よくない力《ちから》だ。このままだと、まずいよ、ヒロト。なにか、よくないことが起《お》こるよ……」

顔色《かおいろ》が真《ま》っ青《さお》になっている。

「……あたしも悠《ゆう》に賛成《さんせい》。死神《しにがみ》たちの様子《ようす》が、想定《そうてい》とちがうわ」

葵《あおい》がうなった。

「大翔《ひろと》。……作戦《さくせん》、中止《ちゅうし》にすべきかもしれない」

「なにいいだすんだよ！」

大翔《ひろと》は首《くび》をふった。作戦中止《さくせんちゅうし》って……いまさら2人《ふたり》とも、なにいうんだ。

——と、かたまっていた死神《しにがみ》たちが動《うご》きはじめた。

病院《びょういん》の正面入《しょうめんい》り口《ぐち》へむけて。

いっせいに進軍《しんぐん》を開始《かいし》する。


「きた！　いくぞ、悠《ゆう》、葵《あおい》！　作戦開始《さくせんかいし》だ！」


大翔《ひろと》は強《つよ》くうなずきかけた。

だいじょうぶだ。2人《ふたり》とも、いざ大量《たいりょう》の死神《しにがみ》たちを見《み》て、ビビっちまってるだけなんだ。

おれがしっかりしなくちゃ。

悠《ゆう》と葵《あおい》は不安《ふあん》げに顔《かお》を見《み》あわせたけど、結局《けっきょく》、大翔《ひろと》についてきた。

3人《にん》は階段《かいだん》をかけおりた。正面入《しょうめんい》り口《ぐち》から通《つう》じる、外来《がいらい》ロビーへむかう。

よけいなことは考《かんが》えるな。章吾《しょうご》のお母《かあ》さんをやつらから守《まも》る——いまはそれだけ考《かんが》えろ。

それで章吾《しょうご》はまた元気《げんき》になるんだから。友《とも》だちを元気《げんき》にするためなんだ。

3人《にん》はロビーへ飛《と》びこんだ。

月明《つきあ》かりと非常灯《ひじょうとう》にぼんやりとてらされた、だだっぴろい外来《がいらい》ロビー。

その暗《くら》がりのなかに、1体《たい》、たたずんでいた。

真《ま》っ黒《くろ》なローブ姿《すがた》の小《ちい》さな人影《ひとかげ》——死神《しにがみ》だ。

直感的《ちょっかんてき》にわかった。その死神《しにがみ》は、図書館《としょかん》からの帰《かえ》り道《みち》、大翔《ひろと》たちを尾《つ》けてきたのと同《おな》じやつだった。

——P☆　∂Γ£

死神《しにがみ》が声《こえ》を発《はっ》した。

——P☆　∂Γ£　P☆　Д∋£　∫БΩ　SHOGO《ショーゴ》？

なにをいってるかほとんどわからなかったが、章吾《しょうご》の名前《なまえ》をいったのだけわかった。

なんでだ？　なんで死神《しにがみ》が、章吾《しょうご》の名前《なまえ》を呼《よ》ぶんだ？　大翔《ひろと》はわけがわからない。

と、シャッターのおりた自動《じどう》ドアのむこうから、べつの死神《しにがみ》があらわれた。先《さき》の死神《しにがみ》と同《おな》じ姿《すがた》だが、サイズが少《すこ》しだけ大《おお》きい。

見《み》る間《ま》に数《かず》が増《ふ》えはじめた。3体《たい》、4体《たい》……つぎつぎにドアをすり抜《ぬ》けて、ロビーに集結《しゅうけつ》する。

大翔《ひろと》たちを見《み》ると、なにか大声《おおごえ》でさけびはじめた。仲《なか》よくしよう……っていってるんじゃないことだけはたしかだ。

「悠《ゆう》、葵《あおい》……いいな？　作戦《さくせん》どおりいくぞ」

大翔《ひろと》は腰《こし》をおとし、うなずきかけた。悠《ゆう》と葵《あおい》がうなずきかえす。

と、死神《しにがみ》の1体《たい》が前《まえ》へ進《すす》みでた。

ほかの死神《しにがみ》よりも二《ふた》まわり大《おお》きい。羽織《はお》っているローブの色《いろ》も、黒《くろ》ではなくワインレッドだ。

ローブから腕《うで》をだした。骨《ほね》の指《ゆび》で3人《にん》を指《ゆび》さし、おぞましい声《こえ》でなにかつぶやいた。

大翔《ひろと》の体《からだ》のなかが、一瞬《いっしゅん》、凍《こお》りついたように冷《つめ》たくなった。全身《ぜんしん》の血《ち》に冷水《れいすい》をそそぎこまれたみたいに。

……気《き》がつけば、大翔《ひろと》はなにかを手《て》に持《も》っていた。

ロウソクだ。

自分《じぶん》の左手《ひだりて》が、いつの間《ま》にか、ロウソクの載《の》った黒《くろ》い燭台《しょくだい》をにぎりしめている。小《ちい》さな小《ちい》さな火《ひ》が、ロウソクの先端《せんたん》に灯《とも》っている。

横《よこ》をむくと、悠《ゆう》と葵《あおい》も同《おな》じだった。

燭台《しょくだい》の取《と》っ手《て》をつかんだ2人《ふたり》の顔《かお》が、みるみる青《あお》ざめていく。


ヒュウッ……


すきま風《かぜ》が吹《ふ》いた。

ロウソクの火《ひ》が、ちろちろっとゆらめいた。

大翔《ひろと》はあわてて、右手《みぎて》で火《ひ》をかばった。病院《びょういん》の前《まえ》、死神《しにがみ》に火《ひ》を消《け》され、息絶《いきた》えた男《おとこ》の姿《すがた》が頭《あたま》をよぎる。

全身《ぜんしん》から冷《ひ》や汗《あせ》が噴《ふ》きだした。

ロウソクをかばう大翔《ひろと》たちに、死神《しにがみ》が高《たか》らかに笑《わら》った。言葉《ことば》はわからないが、バカにしているのだけはわかった。

ふと、外来《がいらい》ロビーのなかほどにおかれた、ホワイトボードに目《め》がいった。ふだんは院内《いんない》のお知《し》らせが書《か》かれているものだ。

真《ま》っ赤《か》なマジックで、書《か》き殴《なぐ》られていた。

『~~鬼《おに》~~死神《しにがみ》ごっこのルール
ルール①：子供《こども》は、死神《しにがみ》から逃《に》げなければならない。
ルール②：死神《しにがみ》は、子供《こども》を捕《つか》まえなければならない。
ルール③：子供《こども》は、死神《しにがみ》を一《いっ》ヶ《か》所《しょ》に集《あつ》めれば勝《か》ち。
ルール④：ロウソクの火《ひ》が消《き》えた子供《こども》は、☠』

……さっきまでは書《か》いてなかったはずだ。

背筋《せすじ》をだらだらといやな汗《あせ》が伝《つた》いおちていく。
胸《むね》のなかの不安《ふあん》が、どんどんどんどん大《おお》きくなって、つぶされそうになる。
最後《さいご》に書《か》かれたルールが、なぜか、なにより怖《こわ》かった。

『ルール⑤：友《とも》だちを捨《す》てた子供《こども》が優勝《ゆうしょう》☺』

大翔《ひろと》はぶるっと首《くび》をふった。
足《あし》をふんばった。
死神《しにがみ》たちはもう大翔《ひろと》たちにかまわず、ロビーを奥《おく》へ進《すす》んでいこうとしていた。
その前《まえ》へ、大翔《ひろと》は立《た》ちはだかる。
「……いかせねえぞ。章吾《しょうご》のお母《かあ》さんのとこには」
必死《ひっし》ににらみつける大翔《ひろと》に、死神《しにがみ》たちが顔《かお》を見《み》あわせた。
二言《ふたこと》三言《みこと》、なにか話《はな》しあう。
それから二手《ふたて》にわかれた。半数《はんすう》が３人《にん》にむきなおってきた。

「悠《ゆう》！　葵《あおい》！　いくぜ！　ぜったいに、ロウソクをおとすなよ！」

「うぅ……この追《お》いかけっこはひどいよぉ……」

涙目《なみだめ》になった悠《ゆう》の左手《ひだりて》で、燭台《しょくだい》がかたかたとふるえている。

「息《いき》を吹《ふ》きかけるな！　右手《みぎて》で火《ひ》をかばうんだ！　いくぞ——走《はし》れっ！」

大翔《ひろと》は燭台《しょくだい》を体《からだ》の前《まえ》に掲《かか》げ、くるりと背《せ》をむけて走《はし》りはじめた。ムチャだよぉぉ……泣《な》きながら悠《ゆう》も走《はし》り去《さ》っていく。葵《あおい》も別方向《べつほうこう》へ走《はし》りはじめた。

死神《しにがみ》たちは、わかれて追《お》ってきた。

大翔《ひろと》についた追《お》っ手《て》は2体《たい》。廊下《ろうか》の上《うえ》を、すべるように迫《せま》ってくる。

距離《きょり》をとらなきゃ。階段《かいだん》をあがり、大翔《ひろと》は走《はし》る速度《そくど》をあげた。

ロウソクの火《ひ》が、ちろちろとゆらめく。あわてて、大翔《ひろと》は速度《そくど》をおとした。だめだ。あまり速《はや》く走《はし》ると、風圧《ふうあつ》で火《ひ》が消《き》えてしまう。

まがり角《かど》を折《お》れた。長《なが》い廊下《ろうか》がつづいている。予定《よてい》のコースだった。

——ビュウウウウウウウッ

大翔《ひろと》はあぜんとした。風《かぜ》が吹《ふ》いていた。廊下《ろうか》むこうの窓《まど》が全開《ぜんかい》になって、外《そと》から風《かぜ》が吹《ふ》きこんでいるのだ。

風《かぜ》を受《う》け、ロウソクの火《ひ》がはげしくゆらめいた。大翔《ひろと》は必死《ひっし》に、体全体《からだぜんたい》で火《ひ》をかばう。

うしろから死神《しにがみ》たちが追《お》ってきた。前方《ぜんぽう》に強風《きょうふう》、後方《こうほう》に死神《しにがみ》。捕《つか》まればどっちみち終《お》わりだ。右手《みぎて》と上半身《じょうはんしん》で火《ひ》をかばうようにしながら、大翔《ひろと》は廊下《ろうか》を走《はし》った。

つるっ――と、足《あし》がすべった。

しまった、と思《おも》う間《ま》もなく、大翔《ひろと》の体《からだ》は廊下《ろうか》にたたきつけられた。とっさに全身《ぜんしん》をクッションにして、左手《ひだりて》の燭台《しょくだい》だけは衝撃《しょうげき》を逃《に》がす。火《ひ》がゆれる。

ノータイムで立《た》ちあがり、廊下《ろうか》をかけ抜《ぬ》けた。開《ひら》いていた窓《まど》をたたき閉《し》めた。

火《ひ》は無事《ぶじ》だった。小指《こゆび》の先《さき》ほどの大《おお》きさで、燃《も》えつづけている。

ぜえぜえと息《いき》を吐《つ》いた。ハンデがひどすぎる。ロウソクの火《ひ》を守《まも》りながら逃《に》げるなんて、むちゃくちゃだ。これじゃ、すぐに捕《つか》まってしまう――。

ふりむくと、死神《しにがみ》たちはまだ遠《とお》かった。

ぜんぜん、距離《きょり》をつめてこない。

まるで大翔《ひろと》の走《はし》りにあわせてるみたいだ。距離《きょり》をつめすぎず、はなしすぎず、追《お》ってきている。

本気《ほんき》で大翔《ひろと》を捕《つか》まえる気《き》がないのだ。こいつらは、あえておびきだされている。

大翔《ひろと》たちがむかう場所《ばしょ》へ……そこにいるはずのやつに用《よう》があって。

……こいつらの狙《ねら》いは……。

「章吾《しょうご》……！」

＊＊＊

暗闇《くらやみ》のなかに『手術中《しゅじゅつちゅう》』のランプが、ぼんやりと赤《あか》く灯《とも》っている。

長《なが》い廊下《ろうか》の一番奥《いちばんおく》に、手術室《しゅじゅつしつ》はあった。

金谷章吾《かなやしょうご》は、手術室《しゅじゅつしつ》の前《まえ》に立《た》っていた。リノリウムの床《ゆか》を踏《ふ》みしめ、ランプを見《み》あげたまま、じっと動《うご》かずにいる。

「……きたか」

背《せ》をむけたまま、つぶやいた。

廊下《ろうか》の入《い》り口《ぐち》のほうから、死神《しにがみ》たちがやってきたのだ。

獲物《えもの》を逃《に》がさないようにだろう、廊下《ろうか》の横幅《よこはば》いっぱいにひろがり、ゆっくりと距離《きょり》をつめてくる。

章吾《しょうご》はコートのポケットに両手《りょうて》をつっこんだまま、床《ゆか》へむかって話《はな》しかけた。

「思《おも》ったより数《かず》が少《すく》ない。大翔《ひろと》たちがけっこう持《も》っていってくれたみたいだな」

『肩《かた》ならしってところだね、章吾《しょうご》。あの赤《あか》いやつにだけ注意《ちゅうい》して。リーダーだ』

死神《しにがみ》の1匹《ぴき》が進《すす》みでた。ほかの死神《しにがみ》より二《ふた》まわり大《おお》きく、ワインレッドのローブをまとっている。大声《おおごえ》をはりあげた。

――ξ☺Ħ☠！　☠♥ξ！

――「☻∂Γ！　Å≦「‰！

「……なんていってるんだ？」

『特《とく》に意味《いみ》のないことだよ。章吾《しょうご》に聞《き》かせる価値《かち》もない』

「なんていってる、って訊《き》いてんだ」

『〝人《ひと》としてゆるされない行為《こうい》〟。〝生命《せいめい》へのボートク〟。〝鬼《おに》のいうことなんて聞《き》くな〟。

〝はやまるな、よせ〟。——ね？　意味《いみ》のないことでしょ』

「だな」

章吾《しょうご》はポケットから左手《ひだりて》を抜《ぬ》くと、ふりむいて笑《わら》った。

「もうおせえよ、タコ」

＊　＊　＊

悲鳴《ひめい》が聞《き》こえてきた。病院内《びょういんない》のどこかから。

死神《しにがみ》の声《こえ》だ。

まるで——断末魔《だんまつま》の絶叫《ぜっきょう》のようだった。

大翔《ひろと》は胸騒《むなさわ》ぎが止《と》まらない。廊下《ろうか》を走《はし》りながら、燭台《しょくだい》を持《も》つ左手《ひだりて》がふるえた。

「ヒロト！」

「大翔《ひろと》！」

3階《かい》にあがると、十字《じゅうじ》にのびた廊下《ろうか》の左右《さゆう》から、悠《ゆう》と葵《あおい》が走《はし》ってきた。うしろに死神《しにがみ》を2体《たい》ずつひきつれ、ロウソクをおとさないよう小走《こばし》りにやってくる。

「こっちだ！」

合流《ごうりゅう》すると、3人《にん》はそのまま廊下《ろうか》を直進《ちょくしん》した。死神《しにがみ》たちも合流《ごうりゅう》してついてくる。全部《ぜんぶ》で6体《たい》。大翔《ひろと》たちは階段《かいだん》をかけあがった。

4階《かい》へあがり、廊下《ろうか》を抜《ぬ》けて、屋上《おくじょう》へのドアを押《お》しあけた。

月明《つきあ》かりにてらされた屋上《おくじょう》に、3人《にん》はかけこんだ。

打《う》ちっぱなしのコンクリートに、ベンチが数脚《すうきゃく》おかれている。

頭上《ずじょう》には給水塔《きゅうすいとう》。

背《せ》の高《たか》いフェンスのむこうには、桜ヶ島《さくらがじま》の街並《まちな》みが見《み》おろせる。風《かぜ》はやんでいた。

「きたぜ、章吾《しょうご》！」

大翔《ひろと》はさけんだ。

入《い》り口《ぐち》のドアを死神《しにがみ》たちが、つぎつぎにとおり抜《ぬ》けてくる。

ふわふわとすべるように近《ちか》づいてくると、大翔《ひろと》たちをとりかこんだ。

「章吾《しょうご》っ！」

声《こえ》はひびいて消《き》えていく。

章吾《しょうご》はでてこない。

暗《くら》くしずんだ病院《びょういん》の窓《まど》がならんでいる。

死神《しにがみ》たちは大翔《ひろと》たちをとりかこんだまま、なにかを待《ま》つように動《うご》かない。

「章吾《しょうご》っ!!」


『——章吾《しょうご》はこないよ』


声《こえ》がひびいた。

同時《どうじ》に、大翔《ひろと》の足《あし》は、ガクン、と動《うご》かなくなった。

びくともしない。屋上《おくじょう》の床面《ゆかめん》に針《はり》と糸《いと》で縫《ぬ》いつけられたみたいに。

「くっ……。ま、また……っ！」

「ちょっと、なに、これっ……！」

「足《あし》が動《うご》かないよう……！」

葵《あおい》と悠《ゆう》も、あわてたように足《あし》を見《み》おろしている。

『ふふ、捕《つか》まえた。濃《こ》い影《かげ》ができるのを待《ま》ってたんだ』

「だ、だれだっ！」

大翔《ひろと》はあたりを見《み》まわした。

声《こえ》はあきらかに死神《しにがみ》のものじゃなかった。べつのだれかがいるのだ。

「どこにいるっ！　かくれてないで、でてこいっ！」

『……まったく、みんな、同《おな》じことというんだよなぁ。かくれちゃいないよ。ここだよ、ここ』

声《こえ》は……足《あし》の下《した》から聞《き》こえた。

打《う》ちっぱなしのコンクリート。その上《うえ》に、月明《つきあ》かりがたくさんの影《かげ》を描《えが》きだしている。

フェンスの影《かげ》。給水塔《きゅうすいとう》の影《かげ》。大翔《ひろと》、悠《ゆう》、葵《あおい》の影《かげ》。死神《しにがみ》たちには影《かげ》がない。

大翔《ひろと》たちの影《かげ》の足下《あしもと》に、小《ちい》さな影《かげ》が〝立《た》って〟いた。

子供《こども》くらいの大《おお》きさ。腕組《うでぐ》みをしてこちらを見《み》あげている。

「ど、どこだ……!?」

大翔《ひろと》はあわてて周囲《しゅうい》を見《み》まわした。

影《かげ》の主《ぬし》の姿《すがた》は、どこにも見《み》えない。

『……いやんなっちゃうよなぁ。なんで、そっちを見《み》るんだ』

声《こえ》は冷《ひ》ややかにいった。

『話《はなし》を聞《き》けよ。おいらは〝ここ〟にいるっていってんだろ。無視《むし》するな。バカにしてるのかよ』

いらだたしげな声《こえ》とともに、コンクリートにうつった子供《こども》の影《かげ》が、足《あし》をふりあげた。

そのまま、大翔《ひろと》の足《あし》――の影《かげ》を、踏《ふ》んだ。

とたん、大翔《ひろと》の右足《みぎあし》から、にぶい痛《いた》みが這《は》いあがってきた。

「う？　……がっぁぁぁぁっ！」

子供《こども》の影《かげ》が、大翔《ひろと》の足《あし》の影《かげ》を、ぐりぐりと踏《ふ》みにじっている。

「ひ、ヒロト!?」

『たしかにおいらは、体《からだ》を持《も》って生《う》まれてくることができなかった、できそこないだよ。でも、影《かげ》の世界《せかい》ではおいらが王様《おうさま》なんだ。無視《むし》するな。話《はなし》をするときは、こっちをむけよ』

影《かげ》は足《あし》をはなした。

大翔《ひろと》は右足《みぎあし》をかかえてうずくまった。

悠《ゆう》と葵《あおい》が真《ま》っ青《さお》になっている。大翔《ひろと》は、だいじょうぶ、と2人《ふたり》に目《め》で伝《つた》えた。折《お》れたりはしていない。

「あなたは……なんなの?」

床面《ゆかめん》にうつった影《かげ》をじっと見《み》つめて、葵《あおい》が問《と》いかけた。

『おいらは影鬼《かげおに》。ふっふっふ。鬼《おに》だよ』

その影《かげ》——影鬼《かげおに》は得意《とくい》そうにこたえた。

『影《かげ》のくせに鬼《おに》なんて、って顔《かお》だね? まあ、そういう反応《はんのう》はなれっこだよ。無視《むし》されたり、踏《ふ》みつけられるのはなれてる。でもおいらは鬼《おに》なんだ』

コンクリートの上《うえ》で胸《むね》をはった。

「……もしかして、図書館《としょかん》の帰《かえ》りにヒロトをおそったのは……」

『うん。おいらだよ？』

おそるおそる口《くち》を開《ひら》いた悠《ゆう》に、影鬼《かげおに》はあっさりとうなずいた。

『キミらは死神《しにがみ》のしわざと思《おも》ってたみたいだけど、死神《しにがみ》がそんなことするわけないんだ。そいつら、筋金入《すじがねい》りの運命主義者《うんめいしゅぎしゃ》だから』

と、影鬼《かげおに》は死神《しにがみ》たちを指《ゆび》さした。死神《しにがみ》たちはなんの反応《はんのう》もしめさない。

『機械《きかい》みたいに頭《あたま》がカタイんだ。運命《うんめい》に死《し》ぬときめられた人間《にんげん》の火《ひ》は消《け》すけど、きめられていない人間《にんげん》の火《ひ》はけっして消《け》さない。ま、ジャマなやつにはおどしくらいはかけるみたいだけど』

影鬼《かげおに》は、大翔《ひろと》たちの持《も》ったロウソクを指《ゆび》さした。

『あの日《ひ》、おいらはこっそり地面《じめん》の上《うえ》から、おまえらの命《いのち》を狙《ねら》ってたんだ。死神《しにがみ》はそれに気《き》づいて、おいらを牽制《けんせい》してたのさ。運命《うんめい》で死《し》なない予定《よてい》のおまえらが、おいらにやられることがないようにね。こまっちゃったよ』

「じゃあ、あのとき死神《しにがみ》は……」

『そう。おまえたちを狙《ねら》ってたんじゃない。守《まも》ろうとしてたんだよ。なのに、おまえたち、死神《しにがみ》から逃《に》げちゃうから。おいらにチャンスがめぐってきたってわけ。ま、失敗《しっぱい》しちゃったんだけど』

キミのせいだよ、と影鬼《かげおに》が、動《うご》けない悠《ゆう》の足《あし》をツンツンとつつく。悠《ゆう》はびくびくとふるえている。

あのとき死神《しにがみ》が大翔《ひろと》にむかって声《こえ》をはりあげていたのは、警告《けいこく》していたんだ。影《かげ》に気《き》をつけろって。足《あし》を動《うご》かなくしたのは、死神《しにがみ》じゃなく、影鬼《かげおに》のしわざだった。

くそお……大翔《ひろと》は歯《は》をかんだ。まちがっていた。状況《じょうきょう》を見《み》あやまっていた。

「でも、どうして大翔《ひろと》をおそったりしたの？　あなたは体《からだ》を持《も》ってない……人《ひと》を食《た》べたりはしないんでしょう？」

おちついた声《こえ》で、葵《あおい》が問《と》いかけた。人質《ひとじち》にナイフを突《つ》きつける犯人《はんにん》を、冷静《れいせい》に説得《せっとく》する刑事《けいじ》みたいに。ともかくこの場《ば》をきり抜《ぬ》けましょう——大翔《ひろと》と悠《ゆう》に目《め》で合図《あいず》する。

『……だって、おまえらが章吾《しょうご》の前《まえ》で、うろちょろするからさ』

影鬼《かげおに》は不満《ふまん》そうにいった。

『おいらだって、そんなこと、したくはなかったんだよ？　おまえらをやっつけたら、ぜったい、章吾《しょうご》に絶交《ぜっこう》されちゃうもの。でも、おまえらが、ちょろちょろちょろちょろ……章吾《しょうご》の決意《けつい》をにぶらせるから』

影鬼《かげおに》が唇《くちびる》をとがらせるのがわかった。

『……だんだん、ジャマになってきちゃった。それで、事故《じこ》に見《み》せかけてやっちゃえば、章吾《しょうご》も気《き》づかないかな、って思《おも》って、ちょいっと、ね。おまえらがいなくなっても、章吾《しょうご》にはおいらがいるし』

無邪気《むじゃき》に笑《わら》った。

『章吾《しょうご》の本当《ほんとう》の友《とも》だちになれるのは、おいらだけなんだよ』

「……なんなんだ、てめえは……」

大翔《ひろと》は声《こえ》をしぼりだした。

我知《われし》らず、怒気《どき》がにじんだ。

悠《ゆう》と葵《あおい》が、だめ、と首《くび》をふる。いまは刺激《しげき》しないで——でも大翔《ひろと》は、ガマンできなかった。

体育《たいいく》で章吾《しょうご》と競走《きょうそう》したときも。

公園《こうえん》で章吾《しょうご》を説得《せっとく》したときも。

こいつが邪魔《じゃま》をしてたんだ。地面《じめん》の上《うえ》で、章吾《しょうご》の影《かげ》にかくれて、こそこそと、章吾《しょうご》になにかを吹《ふ》きこんでたんだ。

スポーツテストのとき、みんなにかこまれて、ぽつんとさびしげにたたずんでいた章吾《しょうご》。

『……どうして、そんないやな目《め》でおいらをにらむんだ』

影鬼《かげおに》が、ひゅうっと息《いき》を吐《は》いた。

『自分《じぶん》の立場《たちば》がわかってないの？　いったじゃないか。影《かげ》の世界《せかい》ではおいらが王様《おうさま》だって』

大翔《ひろと》の足《あし》の影《かげ》につま先《さき》をのせ、クスクスと笑《わら》った。

『ま、しないけどね。章吾《しょうご》にきらわれたくないもの。あのね、おいらがわざわざきたのは、キミらと話《はな》しあおうと思《おも》ったからなんだ。章吾《しょうご》の元友《もとども》だちだもの。おいらだって、傷《きず》つけたくはないんだ』

影鬼《かげおに》はぺらぺらとつづけた。

『キミらがもう章吾《しょうご》につきまとわないって約束《やくそく》してくれれば、おいらはそれで満足《まんぞく》なんだ。

無事《ぶじ》に帰《かえ》してあげるし、これから先《さき》もなにもしない。なんなら、なにかプレゼントだってあげる。ほしいものはある？』

「――うるせえ。だまれ」


大翔《ひろと》の言葉《ことば》に、影鬼《かげおに》は、ひゅっ、と息《いき》をのんだ。

「なにが章吾《しょうご》の友《とも》だちはおまえだけだ。なにが章吾《しょうご》にきらわれたくないだ。裏《うら》でこそこそこそと……しょせん、影《かげ》だな。中身《なかみ》がねえんだよ。そんなの、本当《ほんとう》の友《とも》だちじゃねえ」

『…………』

「章吾《しょうご》の友《とも》だちは、おれたちだ。鬼《おに》め。これ以上《いじょう》、章吾《しょうご》に変《へん》なこと吹《ふ》きこむなら、ぶっ飛《と》ばすぞ」

『……よく、わかった。忠告《ちゅうこく》ありがとう』

影鬼《かげおに》は、消《き》えいりそうな声《こえ》でつぶやいた。

『そうだね。キミのいうとおりだ。おいら、反省《はんせい》したよ。本当《ほんとう》の友《とも》だちなら、たとえきらわれても、相手《あいて》のためを思《おも》って行動《こうどう》しなくちゃだよね』

と、影鬼《かげおに》が手《て》をのばし……大翔《ひろと》の左手《ひだりて》の影《かげ》をにぎった。大翔《ひろと》ははっとした。

影鬼《かげおに》が、ゆっくりと、力《ちから》をこめる。

『さあ。……その手《て》、はなそっか』

大翔《ひろと》の人《ひと》さし指《ゆび》の影《かげ》をつかんで、燭台《しょくだい》の取《と》っ手《て》からひきはがす。

コンクリートの影《かげ》の動《うご》きにあわせるように、大翔《ひろと》の人《ひと》さし指《ゆび》は無理《むり》やり燭台《しょくだい》からひきはがされた。

つづいて中指《なかゆび》も、ひきはがされていく。大翔《ひろと》は中指《なかゆび》に力《ちから》をこめた。

「ぐぐ……っ」

『抵抗《ていこう》してもむだだよ。人間《にんげん》が逆《さか》らえるものじゃない。影《かげ》をバカにした罰《ばつ》だ。死《し》んじゃえ』

「ぐぁぁ……」

中指《なかゆび》がひきはがされた。

大翔《ひろと》は薬指《くすりゆび》と小指《こゆび》で、必死《ひっし》に燭台《しょくだい》の取《と》っ手《て》をささえる。

『死神《しにがみ》たちも、もうキミらを助《たす》けるつもりはないみたいだ。きっと運命《うんめい》が書《か》きかわったんだね？　キミがここで死《し》ぬ運命《うんめい》に』

死神《しにがみ》たちは、なにかに見《み》いったように病棟《びょうとう》のほうを見《み》つめたまま、動《うご》かない。

『さあ、消《き》えるよ。大翔《ひろと》くんの命《いのち》の火《ひ》が』

薬指《くすりゆび》までひきはがされた。大翔《ひろと》は小指《こゆび》1本《ぽん》で、かろうじて燭台《しょくだい》をささえる。

指《ゆび》がふるえる。ロウソクがななめになり、おちかけている。

「やめてっ！　おねがいっ！」

「もうおちちゃうよぉっ！」

葵《あおい》と悠《ゆう》のさけびに、影鬼《かげおに》はピュイッと口笛《くちぶえ》を吹《ふ》くと……大翔《ひろと》の小指《こゆび》の影《かげ》に手《て》をかけた。


『終《お》わりだ』


そのとき、どこかでまたあの悲鳴《ひめい》が聞《き》こえた。

死神《しにがみ》の——断末魔《だんまつま》の絶叫《ぜっきょう》だ。

同時《どうじ》に、ロウソクが消《き》えた。

燭台《しょくだい》ごと、霧《きり》のように宙《ちゅう》にかき消《き》えたのだ。悠《ゆう》と葵《あおい》のぶんも。

『むこうは終《お》わったか。……章吾《しょうご》に感謝《かんしゃ》するんだね』

影鬼《かげおに》が手《て》をはなした。大翔《ひろと》の左手《ひだりて》は自由《じゆう》になった。

大翔《ひろと》はたおれこみそうになったが、足《あし》が動《うご》かないのでそれもできない。

死神《しにがみ》たちが、いっせいに言葉《ことば》をかわしはじめた。

混乱《こんらん》しているみたいだ。甲高《かんだか》い声《こえ》をあげて、しきりになにかしゃべっている。

『死神《しにがみ》さんたち。残念《ざんねん》だけど、キミらのリーダーはたおされちゃったんだ。まさか死神《しにがみ》が死《し》ぬだなんて、キミらも思《おも》ってなかったかなぁ？　運命《うんめい》には、キミらの末路《まつろ》、書《か》かれてなかった？』

ざわめく死神《しにがみ》たちに、影鬼《かげおに》は冷《つめ》たくいう。

『運命《うんめい》にしたがって、ずっと働《はたら》いてきてご苦労《くろう》さん。でもキミたちはもうお払《はら》い箱《ばこ》だ。これからの運命《うんめい》は天《てん》が作《つく》るんじゃない。……彼《かれ》が作《つく》るんだから』

そのとき、屋上《おくじょう》のドアが開《ひら》いた。

立《た》っていたのは、章吾《しょうご》だった。

＊　＊　＊

章吾《しょうご》は入《い》り口《ぐち》に立《た》って、屋上《おくじょう》の全員《ぜんいん》を見《み》わたしていた。

コートのポケットに左手《ひだりて》をつっこんで、いつもどおりすずしげな顔《かお》をしている。

大翔《ひろと》と目《め》があうと、ちょっとだけ笑《わら》った。いつもの章吾《しょうご》の表情《ひょうじょう》だ。

胸《むね》のなかでふくらみきっていた不安《ふあん》が、風船《ふうせん》のように破裂《はれつ》し、バラバラになった。

大翔《ひろと》の心臓《しんぞう》は、どくどくと音《おと》を立《た》てて警告《けいこく》をはじめた。

『あっちの始末《しまつ》は全部《ぜんぶ》終《お》わった？』

影鬼《かげおに》が章吾《しょうご》に訊《き》いた。気安《きやす》い、友《とも》だちに対《たい》するような口調《くちょう》だ。

「ああ、全員始末《ぜんいんしまつ》した。リーダーだけちょっと手間《てま》どったが……まあ、なんてことはなかったな」

『さすが章吾《しょうご》だ』

「こいつらで最後《さいご》か」

ポケットに左手《ひだりて》をつっこんだまま、章吾《しょうご》はゆっくりと死神《しにがみ》たちのほうへ歩《ある》いていく。おちついた様子《ようす》だ。

死神《しにがみ》たちは、いっせいに体《からだ》を逆立《さかだ》てた。威嚇《いかく》のようなうなり声《ごえ》をあげ、近《ちか》づいてくる章《しょう》吾《ご》をにらむ。

1体《たい》が、ローブから骨《ほね》の手《て》をだして章吾《しょうご》を指《ゆび》さした。

なにかブツブツつぶやくと、章吾《しょうご》の胸《むね》の前《まえ》にロウソクがうかびあがった。

「……バカの一《ひと》つ覚《おぼ》えかっつうの。うぜえ」

――ザンッ

つぎの瞬間《しゅんかん》、紅《あか》い閃光《せんこう》が走《はし》った。

指《ゆび》をさした死神《しにがみ》の体《からだ》に、ななめ一直線《いっちょくせん》に。

死神《しにがみ》が悲鳴《ひめい》をあげた。斬《き》りつけられたところから、ぶくぶくと泡《あわ》になりはじめた。そのまま宙《ちゅう》に溶《と》けて消《き》えた。
章吾《しょうご》は、ポケットからだした左手《ひだりて》を軽《かる》くふるった。刀《かたな》についた血《ち》をふり払《はら》うみたいに。
泡《あわ》が散《ち》る。
大翔《ひろと》は息《いき》をのんだ。
どうしてだ、と思《おも》った。
「金谷《かなや》くん……」
葵《あおい》がうめいた。悠《ゆう》が青《あお》ざめている。
死神《しにがみ》たちが、つぎつぎに吼《ほ》えた。いっせいに章吾《しょうご》に飛《と》びかかった。
章吾《しょうご》は、左手《ひだりて》をなぎ払《はら》った。

――ザンッ

死神《しにがみ》たちが、2体同時《たいどうじ》に吹《ふ》っ飛《と》んだ。真一文字《まいちもんじ》に体《からだ》をひき裂《さ》かれている。
そのまま泡《あわ》になって宙《ちゅう》に溶《と》けていく。章吾《しょうご》は平然《へいぜん》としている。

その背後《はいご》から、べつの2体《たい》が飛《と》びかかった。ローブの下《した》から巨大《きょだい》な鎌《かま》をだし、章吾《しょうご》の首《くび》を狙《ねら》った。

「うぜえって」

章吾《しょうご》はその場《ば》で体《からだ》をしずませた。首《くび》へふるわれた鎌《かま》が空《くう》をきる。

立《た》ちあがりざま、死神《しにがみ》を下《した》から上《うえ》へひき裂《さ》いた。

泡《あわ》になる死神《しにがみ》の鎌《かま》をうばうと、ふりかえりもせずに背後《はいご》へふるった。背《せ》から章吾《しょうご》を狙《ねら》っていたやつが、斬《き》り裂《さ》かれて溶《と》けた。

のこった死神《しにがみ》は1体《たい》。

章吾《しょうご》に背《せ》をむけ、入《い》り口《ぐち》へむかってすべるように走《はし》った。

「逃《に》がすと思《おも》うかよ？」

章吾《しょうご》は一息《ひといき》に、死神《しにがみ》の前《まえ》にまわりこんだ。

左手《ひだりて》をかまえると、死神《しにがみ》の胸《むね》を――つらぬいた。

死神《しにがみ》は悶《もだ》え、ぶくぶくと泡《あわ》になって溶《と》けていった。

「……終《お》わったぞ。つまんねえ」

溶《と》けていく死神《しにがみ》たちの中心《ちゅうしん》で、章吾《しょうご》は平然《へいぜん》とつぶやいた。

肩《かた》をすくめると、コートのポケットに左手《ひだりて》をつっこむ。

『おつかれ。さすがだよ、章吾《しょうご》。カッコよかった』

影鬼《かげおに》がうれしそうにいう。

『こんなにはやくその体《からだ》を使《つか》いこなせるようになるなんて、やっぱり章吾《しょうご》は天才《てんさい》だよ。おいらも鼻《はな》が高《たか》いよ』

「……おまえのほめ言葉《ことば》はうんざりだ」

章吾《しょうご》はため息《いき》を吐《つ》いた。

それから、立《た》ちつくした大翔《ひろと》たちにむきなおった。

「だいじょうぶだったか？　おまえら。死神《しにがみ》どもに、なにかされなかったか？」

気《き》づかわしげに、３人《にん》の顔《かお》をのぞく。

「囮《おとり》に使《つか》うような真似《まね》して、悪《わる》かった。俺《おれ》も、一度《いちど》にやつらを全員相手《ぜんいんあいて》にできるかは、自信《じしん》がなかったんだ。おまえらがやつらの戦力《せんりょく》を分散《ぶんさん》してくれて、助《たす》かった。いざとなったら守《まも》ってくれるように、影鬼《かげおに》に伝《つた》えておいたんだが……あいつ役《やく》に立《た》ったか？」

と、半眼《はんがん》で影鬼《かげおに》を見《み》やる。

いつもと同《おな》じ、なんでもないような口調《くちょう》だった。

どんなにすごいことをやってのけたあとでも、平然《へいぜん》とみんなに接《せっ》する、いつもの章吾《しょうご》。

「……やっぱ、気《き》になるよな。ごめん。話《はな》すよ」

大翔《ひろと》たちの視線《しせん》に気《き》づいて、章吾《しょうご》は観念《かんねん》したように笑《わら》った。

ポケットにつっこんでいた左手《ひだりて》を、ゆっくりとひきだした。

章吾《しょうご》の左手《ひだりて》は、手首《てくび》の半《なか》ばから……変《か》わり果《は》てていた。

黒褐色《こっかっしょく》。生《は》えそろった5本《ほん》のするどい鉤爪《かぎづめ》。

そして……。

章吾《しょうご》は額《ひたい》に手《て》をやった。その額《ひたい》には、小《ちい》さなツノが生《は》えていた。

真《ま》っ黒《くろ》い、一本《いっぽん》ヅノが。

「……鬼《おに》になったんだ、俺《おれ》」

章吾《しょうご》はうつむいて、すまねえ、といった。

「母《かあ》さんを守《まも》るためだ。死神《しにがみ》に対抗《たいこう》するには、人《ひと》のままではムリだったから」

章吾《しょうご》は悲《かな》しそうにつづけた。

「………」

大翔《ひろと》は首《くび》をふった。悠《ゆう》も葵《あおい》も、なにもいわない。

のどの奥《おく》で、訊《き》きたいことと、いいたいことが、がんじがらめにこんがらがって……結《けっ》局《きょく》、言葉《ことば》になったのは、一言《ひとこと》だけだった。

「なんで……」

「——僕《ぼく》から説明《せつめい》しようか？」

と、べつの声《こえ》がした。

聞《き》き覚《おぼ》えのある声《こえ》。

耳《みみ》にしたとたん、大翔《ひろと》は総毛立《そうけだ》った。

首《くび》だけふりむけると……いた。

月明《つきあ》かりにてらされた給水塔《きゅうすいとう》の上《うえ》に、ニコニコ笑《わら》って座《すわ》っている人影《ひとかげ》。

クリーム色《いろ》のサマーセーターに、チノパン姿《すがた》。

HIRO

セーターの胸《むね》には♥マークの刺繍《ししゅう》が編《あ》みこまれている。

「黒鬼《くろおに》……ッ」

元桜《もとさくら》ヶ島《がじま》小体育教師《しょうたいいくきょうし》、杉下先生《すぎしたせんせい》。その正体《しょうたい》は、狡猾《こうかつ》で残忍《ざんにん》な地獄《じごく》の黒鬼《くろおに》。

お祭《まつ》りで、遊園地《ゆうえんち》で、小学校《しょうがっこう》で……大翔《ひろと》たちを何度《なんど》も陥《おとしい》れた鬼《おに》が、人間《にんげん》の姿《すがた》でそこにいた。

「やあ、ごぶさただね！　みんな！」

杉下先生《すぎしたせんせい》は、給水塔《きゅうすいとう》の上《うえ》にひざを組《く》んで座《すわ》り、大翔《ひろと》たちを見《み》おろしてニコニコと笑《わら》った。

「またみんなに会《あ》えて、うれしいです！　先生《せんせい》がいないあいだも、みんな、元気《げんき》にやっていたかな？」

大翔《ひろと》は杉下先生《すぎしたせんせい》をにらみつけた。悠《ゆう》と葵《あおい》は紙《かみ》のように顔《かお》を白《しろ》くしてふるえている。

影鬼《かげおに》はコンクリートの上《うえ》でひざを折《お》り、あがめるように平伏《ひれふ》している。

章吾《しょうご》は気《き》がなさそうに肩《かた》をすくめた。

「先生《せんせい》がいなくて、みんな、さびしかったろう？　ごめんね！　この姿《すがた》でいられるくらいに回復《かいふく》するまで、けっこう時間《じかん》がかかっちゃってさ。昔《むかし》ならすぐ治《なお》ったのに……年《とし》だよね、年《とし》！　先生《せんせい》、もう何百年《なんびゃくねん》も生《い》きているからさあ」

杉下先生《すぎしたせんせい》は朗《ほが》らかに笑《わら》い、一方的《いっぽうてき》にしゃべりつづける。

「みんなみたいな子供《こども》がうらやましいよ。みんな自覚《じかく》がないだろうけど、みんなはいま、一番生命力《いちばんせいめいりょく》にあふれ、活気《かっき》に満《み》ちているときなんだよ！　若《わか》さってすばらしい！　……キミらにやられたあと、そんなことを考《かんが》えていて……先生《せんせい》、いいことを思《おも》いついたんだ」

ウインクする。大翔《ひろと》の脇《わき》の下《した》を、いやな汗《あせ》がすべりおちていく。

「先生《せんせい》はこのとおり、全盛期《ぜんせいき》の力《ちから》はもうないだろ？　つぎの世代《せだい》に、知恵《ちえ》と力《ちから》を授《さず》けなくちゃって思《おも》ったんだ。いつの時代《じだい》も、未来《みらい》っていうのは、先生《せんせい》みたいな古《ふる》い大人《おとな》のものじゃない。キミたちみたいな、子供《こども》に託《たく》されなければならないものだから」

——だから先生《せんせい》、後継者《こうけいしゃ》を育《そだ》てることにしたんだ。黒鬼《くろおに》の。

章吾《しょうご》はうつむいたまま、だまっている。

大翔《ひろと》は、体《からだ》がふるえてくるのを止《と》められなかった。

「若《わか》くて優秀《ゆうしゅう》な子供《こども》に、黒鬼《くろおに》の名《な》を継《つ》いでもらおう！　そう思《おも》ったとき、真《ま》っ先《さき》にうかんだのが……そう、章吾《しょうご》くんだったんだ。実際《じっさい》に戦《たたか》って、優秀《ゆうしゅう》さは痛《いた》いほどわかってたからね。痛《いた》いほど！　それで、影鬼《かげおに》くんに章吾《しょうご》くんを紹介《しょうかい》したんだ。先生《せんせい》はしばらくこうして、表《おもて》で話《はなし》をすることもできなかったから」

『その節《せつ》はありがとうございました、黒鬼様《くろおにさま》』

影鬼《かげおに》が平伏《ひれふ》したままいう。杉下先生《すぎしたせんせい》はニコニコとうなずいた。

「章吾《しょうご》くんには、あることを条件《じょうけん》に、僕《ぼく》の——黒鬼《くろおに》の体《からだ》をわけ与《あた》えた。手《て》はじめに、左手《ひだりて》だけだけどね。章吾《しょうご》くんはその条件《じょうけん》をのんだ。……条件《じょうけん》を知《し》りたいって？　それはねぇ……」

杉下先生《すぎしたせんせい》は、たんっ、と給水塔《きゅうすいとう》から飛《と》びおりた。

章吾《しょうご》のかたわらに立《た》つと、うつむいた章吾《しょうご》の頭《あたま》をやさしくなでた。

ニコニコ笑《わら》って、いった。

「『友《とも》だち』を、捨《す》てることだよ」

大翔《ひろと》は、のどの奥《おく》から声《こえ》をしぼりだした。

「……嘘《うそ》だ」

「鬼《おに》には、人《ひと》の心《こころ》は不要《ふよう》だからね。立派《りっぱ》な黒鬼《くろおに》になるためには、友《とも》だちとかそういうの、いらないんだよ。……そういうことだから、今日《きょう》でキミたちと章吾《しょうご》くんは、おわかれ、なんだ。せっかくだから、おわかれ会《かい》でもしようか？」

杉下先生《すぎしたせんせい》は、『仰《あお》げば尊《とうと》し』を歌《うた》いはじめた。屋上《おくじょう》に、虚《むな》しく歌声《うたごえ》がひびいていく。

「嘘《うそ》だ……」

大翔《ひろと》は首《くび》をふった。

「いいや、嘘《うそ》じゃないんだよ」

杉下先生《すぎしたせんせい》は、聞《き》きわけのない生徒《せいと》にいいきかせるように、おだやかに首《くび》をふった。

「キミの元友《もとtとも》だちは、これから鬼《おに》の道《みち》をいくんだよ。人生《じんせい》の岐路《きろ》にはわかれがつきものだ。大翔《ひろと》くん。キミも元友《もとtとも》だちなら、笑《わら》って送《おく》りだしてあげようよ」

「……嘘《うそ》だ！」

『受《う》けいれなよ。章吾自身《しょうごじしん》が選《えら》んだことだ』

影鬼《かげおに》があきれたようにいった。大翔《ひろと》は首《くび》をふった。

「嘘《うそ》だ」

「……すまねえ」

章吾《しょうご》はうつむいたまま、力《ちから》なくいった。

「こんな体《からだ》になっちまった以上《いじょう》、もう、おまえらとはいられねえや」

大翔《ひろと》たちに背中《せなか》をむけた。

「……ここまでだ」

嘘《うそ》だ。嘘《うそ》だ。そんなの嘘《うそ》だ。

章吾《しょうご》が鬼《おに》になったなんて嘘《うそ》だ。友《とも》だちを捨《す》てたなんて嘘《うそ》だ。もう会《あ》えないなんて嘘《うそ》だ。

全部《ぜんぶ》、嘘《うそ》っぱちだ。

「うっおおおおおおおおぉっっ……!!」

大翔《ひろと》は全身《ぜんしん》に力《ちから》をこめた。
体《からだ》をふんばる。
足《あし》を縫《ぬ》いとめている極太《ごくぶと》の糸《いと》のような力《ちから》。それを、強引《ごういん》にもぎはなしていく。
『こ、こいつ……!?』
影鬼《かげおに》が息《いき》をのんだ。
ゆっくりと、大翔《ひろと》の右足《みぎあし》が動《うご》いた。
ぶち、ぶちっ、と糸《いと》のきれるような音《おと》とともに、縫《ぬ》いとめられていた右足《みぎあし》が軽《かる》くなる。
つづいて左足《ひだりあし》も。
『し、信《しん》じられない……っ。こ、こいつ、どこにこんな力《ちから》が……』
「章吾《しょうご》っ！」
大翔《ひろと》はコンクリートを蹴《け》った。
歩《ある》き去《さ》っていく章吾《しょうご》の背《せ》へ、一直線《いっちょくせん》にむかっていく。
『黒鬼様《くろおにさま》！　そいつを止《と》めてください！』

「……心配《しんぱい》しなくても、だいじょうぶだよ」

杉下先生《すぎしたせんせい》は笑《わら》って、ひょいと脇《わき》へよけた。

ぼそりとつぶやいた。

「……未練《みれん》は、自分自身《じぶんじしん》の手《て》で断《た》ちきらないとね」

大翔《ひろと》はその脇《わき》をかけ抜《ぬ》けた。

章吾《しょうご》の肩《かた》に手《て》をかけた。

「いっちゃだめだ！」

大翔《ひろと》の呼《よ》びかけに、章吾《しょうご》は立《た》ちどまった。

ふりかえった。

「章吾《しょうご》っ！」

——ずんっ

大翔《ひろと》は目《め》を見開《みひら》いた。

「……え？」

下《した》を見《み》やると、ふりかえりざまにふるわれた章吾《しょうご》の右拳《みぎこぶし》が、大翔《ひろと》の腹《はら》にめりこんでいた。

「……ぐ、ぐほっ……！　おっ……」

大翔《ひろと》は腹《はら》をかかえて、がくがくっと床《ゆか》に両《りょう》ひざをついた。

以前《いぜん》の冗談《じょうだん》のパンチじゃない。本気《ほんき》のパンチだった。

胃《い》から酸《す》っぱいものがこみあげてくる。

章吾《しょうご》はだまって背《せ》をむけた。

「しょ、章吾《しょうご》……っ」

大翔《ひろと》は腹《はら》を押《お》さえながら、立《た》ちあがった。ひざがふるえている。

章吾《しょうご》の顔《かお》が、目《め》の前《まえ》にあった。

――バキッ

つぎの瞬間《しゅんかん》、大翔《ひろと》の視界《しかい》に火花《ひばな》が散《ち》った。赤《あか》や黄《き》や白《しろ》の光《ひかり》がチカチカとまたたき、なにも見《み》えなくなる。顔面《がんめん》に、章吾《しょうご》のパンチがたたきこまれたのだ。

耳《みみ》の奥《おく》から、キィン……と甲高《かんだか》い音《おと》が鳴《な》りはじめる。悠《ゆう》と葵《あおい》のさけびが遠《とお》くから聞《き》こえる。鼻血《はなぢ》が垂《た》れた。

「しょう、ご……」

また殴《なぐ》られた。

もうどこを殴《なぐ》られたかわからなかった。何発殴《なんぱつなぐ》られたかもわからなくなった。

気《き》づけば大翔《ひろと》は、コンクリートの上《うえ》に大《だい》の字《じ》にたおれていた。

月明《つきあ》かりが見《み》えている。満月《まんげつ》がきれいだ。

「左手《ひだりて》は使《つか》わないのかい？　ひと思《おも》いに殺《や》ってしまえばいいのに」

杉下先生《すぎしたせんせい》の声《こえ》が、ぐにゃぐにゃと聞《き》こえてくる。耳《みみ》がおかしくなったみたいだ。

「それとも、まだ友《とも》だちに未練《みれん》があるのかい？　なんなら、僕《ぼく》が代《か》わりに殺《や》ってあげようか？」

杉下先生《すぎしたせんせい》はニコニコ笑《わら》って、たおれた大翔《ひろと》の首《くび》に手《て》をのばす。

「未練《みれん》？　はっ。冗談《じょうだん》じゃねえ」

章吾《しょうご》はいって、大翔《ひろと》をむこうへ蹴《け》り飛《と》ばした。

「よけいなことすんじゃねえよ。こんなやつ相手《あいて》に、本気《ほんき》をだすまでもねえってだけだ。たかが人間《にんげん》の子供《こども》相手《あいて》に本気《ほんき》をだしちゃ、それこそ黒鬼《くろおに》の名折《なお》れだろうがよ？」

「……ふふ。まあいい。そういうことにしておくよ」

『ねえ、もういこうよ。章吾《しょうご》、黒鬼様《くろおにさま》。祝勝会《しゅくしょうかい》にでもしよう？』

「ああ……」

章吾《しょうご》は息《いき》を吐《つ》き、背《せ》をむけた。

歩《ある》きだそうとして……気《き》づいて、下《した》をむいた。

章吾《しょうご》の足首《あしくび》を、大翔《ひろと》ののばした右手《みぎて》がつかんでいた。

這《は》いつくばり、かすむ目《め》で章吾《しょうご》を見《み》あげながら、大翔《ひろと》は声《こえ》を絞《しぼ》りだした。

「……だ、めだ……い、っちゃ……」

『こいつ、しつこいなぁ！　なんなんだよ！』

影鬼《かげおに》が鼻息《はないき》を荒《あら》らげる。

「そっちの、道《みち》は……まちがっ、てる……。お、母《かあ》さん……よろこば、ねぇ、ぞ……。い、かせねぇ……」

『章吾《しょうご》、黒鬼様《くろおにさま》。おいらがやるよ。こいつ、ゆるせないよ。章吾《しょうご》の気《き》も知《し》らずに』

「……どうして、って……おまえ、訊《き》いた、よな……」

章吾《しょうご》は、はっと息《いき》をのんだ。

「病院《びょういん》の、前《まえ》で……。……どうして、心配《しんぱい》、すんのかって……」

口《くち》のなかの血《ち》を吐《は》きだしながら、大翔《ひろと》は言葉《ことば》を絞《しぼ》りだした。


「…………友《とも》だちだからに……きまってんじゃねえかよ……」


ぽたっ。

しずくが床《ゆか》におちてにじんだ。ぽたっ、ぽたっ、と。

「……ちきしょう。結局《けっきょく》、おまえには、一度《いちど》も勝《か》てた気《き》がしねぇ」

たおれた大翔《ひろと》を見《み》おろし、章吾《しょうご》は悔《くや》しそうに笑《わら》った。

涙《なみだ》がボロボロほおを伝《つた》っておちた。

「さよなら、俺《おれ》のライバル」

章吾《しょうご》は大翔《ひろと》を蹴《け》りあげた。

大翔《ひろと》の体《からだ》はベンチをなぎたおしながら屋上《おくじょう》をころがり、横《よこ》ざまにたおれた。

杉下先生《すぎしたせんせい》が章吾《しょうご》の背《せ》を押《お》し、ドアのむこうへ消《き》えていく。影鬼《かげおに》があとを追《お》う。

――バタン

屋上《おくじょう》のドアは音《おと》を立《た》てて閉《し》まった。それが最後《さいご》の扉《とびら》の閉《し》まる音《おと》だった。大翔《ひろと》は気《き》を失《うしな》った。

夢《ゆめ》を見《み》た。章吾《しょうご》と競走《きょうそう》している夢《ゆめ》だ。スタートピストルの音《おと》にあわせて、2人《ふたり》で飛《と》びだす。一直線《いっちょくせん》に走《はし》る。なにも考《かんが》えず、ただ横《よこ》にならぶそいつに負《ま》けまいとして。

勝《か》ったのは――。

リベンジ！

帰《かえ》りの会《かい》が終《お》わると、大翔《ひろと》はランドセルを背負《せお》って教室《きょうしつ》をでた。

教室《きょうしつ》のざわめきから、逃《に》げるように廊下《ろうか》をいそぐ。トイレの洗面台《せんめんだい》の前《まえ》で立《た》ちどまった。

鏡《かがみ》にうつった自分《じぶん》の顔《かお》は、ひどいものだった。腫《は》れはようやくひいてきていたが、バンソウコウとガーゼがぺたぺたと貼《は》られ、痣《あざ》だらけになっている。

階段《かいだん》をおりると、下級生《かきゅうせい》たちがひそひそとうわさ話《ばなし》をする声《こえ》が聞《き》こえてきた。

聞《き》こえる言葉《ことば》は、「行方不明《ゆくえふめい》」。「家出《いえで》」。「失踪《しっそう》」。

大翔《ひろと》はかまわず、早足《はやあし》で階段《かいだん》をおりた。

廊下《ろうか》を進《すす》む。靴箱《くつばこ》へむかう。

章吾《しょうご》がいなくなって、三日《みっか》経《た》っていた。心配《しんぱい》でしょうが、警察《けいさつ》にまかせて、みなさんはいつもどおり、元気《げんき》に学校生活《がっこうせいかつ》を送《おく》りましょう——それが校長先生《こうちょうせんせい》の話《はなし》だった。

それでみんな、いつもどおりの学校生活《がっこうせいかつ》を送《おく》っている。大翔《ひろと》も、いつもどおりの学校生《がっこうせい》活《かつ》を送《おく》っている。

昇降口《しょうこうぐち》をでた。いそいできたから、まだ校庭《こうてい》にはだれもいない。

逃《に》げるように校庭《こうてい》を横切《よこぎ》り、校門《こうもん》にさしかかる。……そこで、大翔《ひろと》は気《き》づいた。

校門《こうもん》の脇《わき》に、見知《みし》った人《ひと》が立《た》っていた。

クマみたいながっしりとした体《からだ》に、頭《あたま》にかぶった野球帽《やきゅうぼう》。

全身《ぜんしん》の傷《きず》。右《みぎ》のほおにひと筋《すじ》。首《くび》にもぐるりと。左腕《ひだりうで》にも、縫《ぬ》ったような痕《あと》。

「よう！　ひさしぶりだな、大翔《ひろと》」

校門《こうもん》に寄《よ》りかかって腕《うで》を組《く》んでいたのは……荒井先生《あらいせんせい》だった。

「つい今日《きょう》、桜ヶ島《さくらがじま》へ帰《かえ》ってきてよ。おまえらのマンション、寄《よ》ってきたんだ。……話《はなし》は、休《やす》んでた桜井《さくらい》たちから聞《き》いたぞ。大変《たいへん》だったたな」

と、うつむいた大翔《ひろと》を見《み》おろした。

ランドセルをにぎった大翔《ひろと》の手《て》が、かたかたとふるえている。それを見《み》ると、荒井先生《あらいせんせい》

はにやりと笑《わら》って大翔《ひろと》の顔《かお》をのぞきこんだ。

「で、つぎの勝負《しょうぶ》は、どうするんだ？」

「………」

「するんだろ？　つぎの勝負《しょうぶ》。おまえ、負《ま》けずぎらいだし。しつこいし。わりと根《ね》に持《も》つし。ややつだな。……やるんなら、俺《おれ》が力《ちから》になるぜ？」

にやにや笑《わら》う荒井先生《あらいせんせい》に、大翔《ひろと》は体《からだ》の横《よこ》で力《ちから》いっぱい拳《こぶし》をにぎりしめた。

そうだ。ボコボコにされて、やられっぱなしでいられるか。

こんどは、おれが章吾《しょうご》をぶん殴《なぐ》ってやる。だってあいつのお母《かあ》さんにたのまれてんだ。

あいつがわかんねえことといいだしたら、ぶん殴《なぐ》ってやれって。

だから待《ま》ってろ、章吾《しょうご》。すぐ追《お》いつく。

大翔《ひろと》はこみあげてきた涙《なみだ》をぬぐうと、荒井先生《あらいせんせい》の瞳《ひとみ》を見《み》かえし、強《つよ》くうなずいた。

「もちろんだ！」

集英社みらい文庫

絶望鬼《ぜつぼうおに》ごっこ

さよならの地獄病院《じごくびょういん》

針《はり》とら 作

みもり 絵

ファンレターのあて先
〒101-8050 東京都千代田区一ツ橋 2-5-10 集英社みらい文庫編集部
いただいたお便りは編集部から先生におわたしいたします。

2017年3月29日 第1刷発行

発行者	北畠輝幸
発行所	株式会社 集英社 〒101-8050 東京都千代田区一ツ橋 2-5-10 電話 編集部 03-3230-6246 読者係 03-3230-6080 販売部 03-3230-6393(書店専用) http://miraibunko.jp
装　丁	+++ 野田由美子　中島由佳理
印　刷	凸版印刷株式会社
製　本	凸版印刷株式会社

★この作品はフィクションです。実在の人物・団体・事件などにはいっさい関係ありません。
ISBN978-4-08-321363-2 C8293 N.D.C.913 188P 18cm

田《た》中《なか》くんって何《なに》者《もの》!?

試《ため》し読《よ》み読《どく》者《しゃ》から絶《ぜっ》賛《さん》の嵐《あらし》!

- ぼくも給食《きゅうしょく》マスターになりたいです(8歳・小学生)
- 田《た》中《なか》くんのおかげで給食《きゅうしょく》が好《す》きになりました(10歳・小学生)
- この本《ほん》を読《よ》んで牛乳《ぎゅうにゅう》が飲《の》めるようになりました(11歳・小学生)
- この本《ほん》、めっちゃオモろい!(12歳・中学生)
- 田《た》中《なか》くんカワイイ~♥(14歳・中学生)
- 「牛乳《ぎゅうにゅう》カンパイ係《がかり》」の仕《し》事《ごと》ぶり、勉《べん》強《きょう》になります(会社員・25歳)
- 料《りょう》理《り》男《だん》子《し》な田《た》中《なか》くんと結《けっ》婚《こん》した~い(OL・29歳)
- ウチの子《こ》の食《た》べ物《もの》の好《す》き嫌《きら》いがなくなりました(主婦・43歳)
- 田《た》中《なか》くんを読《よ》んで勇《ゆう》気《き》がでました。就《しゅう》職《しょく》します(無職・34歳)
- 文《もん》部《ぶ》科《か》学《がく》省《しょう》の大《だい》臣《じん》に推《すい》薦《せん》したい本《ほん》ですね(59歳・会社役員)

あらすじ

御《お》石《いし》井《い》小《しょう》学《がっ》校《こう》5年《ねん》1組《くみ》の転《てん》校《こう》生《せい》・鈴《すず》木《き》ミノルは
牛乳《ぎゅうにゅう》が苦《にが》手《て》で給食《きゅうしょく》が大《だい》きらい!
しかし、同《おな》じクラスの「牛乳《ぎゅうにゅう》カンパイ係《がかり》」田《た》中《なか》くんと出《で》会《あ》い、
とんでもない給食《きゅうしょく》タイムを目《ま》の当《あ》たりにして……!!
読《よ》めば読《よ》むほどおいしくなるデリシャス学園《がくえん》グルメコメディ♪

「みらい文庫《ぶんこ》」読者《どくしゃ》のみなさんへ

言葉《ことば》を学《まな》ぶ、感性《かんせい》を磨《みが》く、創造力《そうぞうりょく》を育《はぐく》む……、読書《どくしょ》は「人間力《にんげんりょく》」を高《たか》めるために欠《か》かせません。たった一枚《いちまい》のページをめくる向《む》こう側《がわ》に、未知《みち》の世界《せかい》、ドキドキのみらいが無限《むげん》に広《ひろ》がっている。これこそが「本《ほん》」だけが持《も》っているパワーです。

学校《がっこう》の朝《あさ》の読書《どくしょ》に、休《やす》み時間《じかん》に、放課後《ほうかご》に……。いつでも、どこでも、すぐに続《つづ》きを読《よ》みたくなるような、魅力《みりょく》に溢《あふ》れる本《ほん》をたくさん揃《そろ》えていきたい。読書《どくしょ》がくれる、心《こころ》がきらきらしたり胸《むね》がきゅんとする瞬間《しゅんかん》を体験《たいけん》してほしい、楽《たの》しんでほしい。みらいの日本《にほん》、そして世界《せかい》を担《にな》うみなさんが、やがて大人《おとな》になった時《とき》、「読書《どくしょ》の魅力《みりょく》を初《はじ》めて知《し》った本《ほん》」「自分《じぶん》のおこづかいで初《はじ》めて買《か》った一冊《いっさつ》」と思《おも》い出《だ》してくれるような作品《さくひん》を一所懸命《いっしょけんめい》、大切《たいせつ》に創《つく》っていきたい。

そんないっぱいの想《おも》いを込《こ》めながら、作家《さっか》の先生方《せんせいがた》と一緒《いっしょ》に、私《わたし》たちは素敵《すてき》な本作《ほんづく》りを続《つづ》けていきます。「みらい文庫《ぶんこ》」は、無限《むげん》の宇宙《うちゅう》に浮《う》かぶ星《ほし》のように、夢《ゆめ》をたたえ輝《かがや》きながら、次々《つぎつぎ》と新《あたら》しく生《う》まれ続《つづ》けます。

本《ほん》を持《も》つ、その手《て》の中《なか》に、ドキドキするみらい――。

本《ほん》の宇宙《うちゅう》から、自分《じぶん》だけの健《すこ》やかな空想力《くうそうりょく》を育《そだ》て、〝みらいの星《ほし》〟をたくさん見《み》つけてください。

そして、大切《たいせつ》なこと、大切《たいせつ》な人《ひと》をきちんと守《まも》る、強《つよ》くて、やさしい大人《おとな》になってくれることを心《こころ》から願《ねが》っています。

2011年《ねん》　春《はる》

集英社《しゅうえいしゃ》みらい文庫編集部《ぶんこへんしゅうぶ》